Stefan Wolf

Der Mann mit den tausend Gesichtern

Pelikan

ISBN 3–8144–1107–2

Gesamtleitung und Textredaktion: f-press
medien produktion gmbh, München, Egon Fein
Umschlag-Gestaltung und Text-Illustration:
Reiner Stolte, München
Graphische Gestaltung: Heinrich Gorissen, München
Gesamtherstellung: westermann druck GmbH, Braunschweig
Schrift: 10/12 Punkt Palatino
Printed in Germany
Auflage 12 11 10 9 8 7 6 5 4 3

Inhalt:

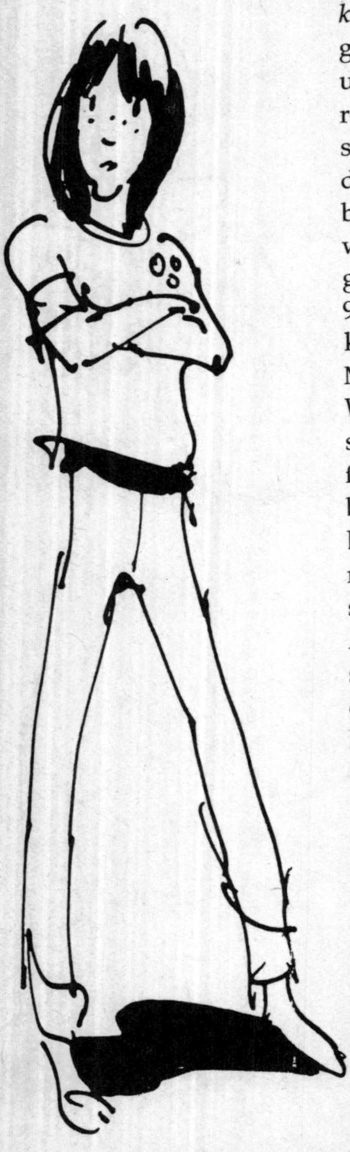

LOCKE
hat diesen Spitznamen, weil sie *keine* Locken hat. Oder besser gesagt: nur ganz, ganz wenige, und das auch erst seit vier Jahren. Dabei war es ihr sehnlichster Wunsch als Kind gewesen, den Kopf voller Locken zu haben. Nina Rehm, wie Locke wirklich heißt, ist noch nicht ganz 15 Jahre alt, geht in die 9. Klasse des Gymnasiums und kurvt mit Vorliebe auf ihrem Mofa durch die Gegend. Wenn's das Wetter zuläßt, trägt sie dabei einen wagenradgroßen Strohhut. Weiterer Steckbrief: Groß, schlank mit langen Beinen, langes, kastanienbraunes Haar, nußbraune Haut, schmales Gesicht mit dunklen Augen und einem schön geschwungenen Mund. Locke ist ein „Temperamentsbolzen", sie hat mehr Unternehmungsgeist als zehn Jungens. Eine typische „Macherin", aber trotzdem durch und durch weiblich. Sie will immer und überall helfen – Menschen und Tieren. Locke lebt mit ihrem Vater Gunter und Bruder Mike zusammen. Ihre Mutter – eine Französin – wurde nach kurzer Ehe geschieden. Sie wohnt heute in Paris.

TOM

wird nur so genannt, weil er sich über seinen echten Namen grün und blau ärgert. Er heißt nämlich Engelbert, mit Nachnamen Conradi, nach einem Großvater von Mutters Seite so benannt. Aber Tom paßt nun mal besser zu einem athletisch gebauten, großen Jungen, der auch noch perfekt in Karate ist, der waffenlosen japanischen Kampfkunst. Er geht in die 10. Klasse desselben Gymnasiums wie Locke. Alle mögen den blonden Jungen. Und das nicht nur wegen seines offenen, sympathischen Gesichts, sondern weil er – genau wie Locke – ein echter hilfsbereiter Kumpel ist, immer zur Stelle, wenn's um eine gute Tat geht. Er drängt sich selbst nie vor, sondern läßt sich zumeist – und das nur zu gern – von Lockes Unternehmungsgeist mitreißen. Denn er und Locke – naja, die sind nun mal unzertrennlich. Noch ein unverwechselbares Kennzeichen hat der knapp 16-jährige: ein tiefblaues und ein grünes Auge. Tom lebt bei seiner Mutter Helga, einer Tierärztin. Seinen Vater hat er schon vor Jahren verloren.

GUNTER REHM
ist Lockes Vater, 44 Jahre alt und Lokalredakteur bei der größten Tageszeitung seiner Heimatstadt, einer ansehnlichen Großstadt, im übrigen, mit Straßenbahn, vielen Buslinien, mehreren Autobahn-Zubringern und einem Bundesliga-Verein. Der großgewachsene, etwas hagere Journalist deckt mit Vorliebe Mißstände auf und gilt deshalb bei allen, die keine reine Weste haben, als unbequem. Er kennt das Geschehen in der Stadt ganz genau, weil er es täglich hautnah erlebt. Gunter Rehm hat ein prima Verhältnis zu seinen Kindern Locke und Mike, malt in seiner Freizeit gern Porträts und spielt Tennis wie ein Meister. Seine liebste Partnerin: Dr. Helga Conradi. Aber das nicht nur auf dem Tennisplatz. Madeleine, seine einstige Frau, Lockes und Mikes Mutter, ist nach kurzer Ehe in ihre Heimat Frankreich zurückgekehrt. Sie hatten ganz einfach zu jung geheiratet, ohne sich so richtig gekannt und zueinander gepaßt zu haben. Als sie dies einsahen, trennten sie sich, aber sie waren einander deshalb nicht gram. Madeleine, die eher ein unabhängiges Leben bevorzugte, überließ die Kinder ihrem Mann.

MIKE
könnte die Mädchen reihenweise um den Finger wickeln, wenn er wollte, und tatsächlich hat der Sonnyboy auch mehr als eine Freundin. Er heißt Michael Rehm, ist 19, Lockes großer Bruder, und er geht in die Abiturklasse. Nebenher schreibt er als freier Mitarbeiter für die lokale Tageszeitung. Vater Gunter Rehm ist sein großes Vorbild. Hobby: Fußballspielen, und zwar als Libero beim FC Eintracht. Der gutaussehende, breitschultrige Frauentyp Mike hat die braunen Haare und grünen Augen seiner fast schon vergessenen französischen Mutter. Mit Charme und spitzbübischem Lächeln kann er jeden Gegner entwaffnen, aber auch durch mitunter erstaunliche Beharrlichkeit (manche behaupten freilich, Mike habe einen Dickschädel) zur Verzweiflung bringen. Mike ist alt genug, um zu verstehen, daß weder Vater noch Mutter am Scheitern ihrer ebenso kurzen wie unüberlegten Ehe schuld waren.

DR. HELGA CONRADI
ist Toms Mutter, von Beruf Tierärztin – bei ihren vierbeinigen Patienten und deren Frauchen beliebt, von den Herrchen bewundert und verehrt. Ist auch kein Wunder, denn Helga sieht mit ihren 42 Jahren höchstens wie eine Dreißigerin aus: Blaue Augen, lange goldblonde Haare, schmales, ebenmäßiges Gesicht. Wirklich eine sehr attraktive Frau, und dazu auch noch überaus sportlich, was ihre schlanke Figur bestätigt. Beim Tennis gewinnt sie ab und zu sogar gegen Gunter Rehm einen Satz. Ihr Mann ist an einem heimtückischen Leiden gestorben, als Helga noch keine 30 war. Tom kann sich kaum an seinen Vater erinnern. Der Dritte in ihrer Familie ist der treue Nicki, eine ebenso lustige wie wachsame Mischung aus Boxer und Wolfshund.

OMA
wird Elisabeth Rehm von allen genannt. Sie ist 72 Jahre alt, Gunter Rehms Mutter, und sie lebt allein in einem hübschen, verwinkelten Häuschen im Grünen, mit einem großen Garten und geradezu riesenhaften Sonnenblumen. Birkenrode heißt Omas Wohnort. Er liegt ein bißchen außerhalb der Stadt, aber nah genug, damit es für Locke und Tom zu häufigen Besuchen reicht. Und darauf freut Oma Rehm sich natürlich. Nicht nur, weil sie ihre Enkelin und deren Freund gern mag, sondern natürlich auch ein wenig deshalb, weil die beiden jungen Leute ihr stets helfend beistehen. Ihr Mann, ein Lehrer, ist vor zwei Jahren gestorben. Jetzt ist „Frau Holle" die Gesellschafterin der liebenswerten weißhaarigen Dame, eine ebenso betagte Katzenmutter, die Elisabeth Rehms alte Tage getreulich teilt.

Stefan Wolf

Locke und Tom greifen ein

Hundejäger töten leise
Terror durch den heißen Draht
Giftalarm am Rosenweg
Die Fußball-Oma darf nicht sterben
Flammen um Mitternacht
Überfall nach Ladenschluß
Der Mann mit den tausend Gesichtern
Aufruhr in der Unterwelt
Die Nacht am schwarzen Grab
Der Feind aus dem Dunkeln
Die Bande des Schreckens

1. Selbstgemachter Ferienjob

Ein strahlender Sommermorgen zog über der Stadt auf, aber im Hause Rehm herrschte noch Ruhe.

Mike pofte, lächelte im Schlaf, träumte von einer neuen Freundin und drehte sich auf die andere Seite.

Ein Zimmer weiter, im französischen Doppelbett, klappte Gunter die Augendeckel hoch, blinzelte zur Weckeruhr und wollte schon fluchend die Beine über die Kante schwingen – als ihm einfiel, daß heute sein erster Urlaubstag war.

Hol der Henker alle Fliegenköpfe, Zwiebelfische und Leichen (*Fachausdrücke für Druckfehler*)! Frühaufstehen – das war erst in vier Wochen wieder dran. Aber jetzt . . .

. . . und schon schlummerte er weiter. Wobei er nicht wie eine Motorsäge schnarchte, sondern allenfalls wie eine Laubsäge, die sich behutsam durch Sperrholz frißt.

Im Parterre erwachte Locke in ihrem Bett.

Das Zimmer war dunkel, aber durch die Jalousien zwängten sich Sonnenstrahlen, als wären sie neugierig.

Helena, Lockes weiße Maus, machte Männchen in ihrem Käfig und blickte auf die 15jährige hinab.

Zu sehen war nicht viel von ihr. Eine dunkle Mähne, dicht wie bei einem Pony, bedeckte das Gesicht und fiel noch über die sommerdünne Bettdecke.

Unter der krabbelte jetzt eine Hand hervor, um die Haarflut zu teilen. Verschlafen rieb Locke sich die Augen.

Dann fiel Helena fast auf den Rücken, denn daß ihr Frauchen wie eine Löwin gähnte, kam selten vor.

Locke richtete sich auf.

Ach ja! dachte sie. Seit gestern haben wir Sommerferien. Starker Zustand! Dabei könnte es bleiben bis Weihnachten. Endlich mal Zeit, was Vernünftiges anzuleiern. Also frisch auf, Nina Rehm, damit . . . Himmel, die Sache steht ja schon. Ab heute läuft sie an. Das wird Papi überraschen. Hoffentlich haut's ihn nicht um.

Hätte Locke statt zu denken geredet, wäre Helena, genannt Mausi, auch nicht klüger geworden. Aber darauf kam's im Moment noch nicht an.

Locke stieg aus dem Bett, zog leise die Jalousien hoch, glättete ihr kurzes Nachthemd und schüttelte die Haarflut nach hinten.

Sie trat zu Mausi und schob einen Finger durchs Käfiggitter.

„n' Morgen, Mausi! Gut geschlafen? zzzzz . . . zzzzz . . . zzzzz . . . Nachher turnen wir wieder. Weißt du, wir sind seit heute eine Firma. N. Rehm und T. Conradi, die . . . Also, ich glaube jetzt doch: Unseren Papi haut's ganz bestimmt um."

Mausi knusperte an Lockes Finger, bevorzugte dann aber eine Riesen-Haferflocke aus ihrer Futterschüssel.

Locke schlurfte ins Bad, stellte sich unter die Dusche und bürstete ihr wunderschönes Haar, das keinen Wunsch offen ließ – außer dem nach Locken.

Als sie zwar schon in T-Shirt und Jeans-Rock steckte, aber ihre langen Beine unten immer noch barfuß endeten, knatterte draußen ein Hirsch. Natürlich keiner mit Geweih, sondern mit 79-ccm-Motor, nämlich Toms Motorroller, den er ein bißchen frisiert hatte, was ihn zwar nicht zur Rakete machte, aber immerhin zum Feuerstühlchen. Tom hatte ihn ‚Hirsch' getauft.

Locke stand in der Küche, um sich ihr Frühstück, eine Honigmilch, reinzuziehen, hüpfte jetzt zur Tür und ließ ihren Freund ein.

„Schon wer angerufen?" Er küßte sie auf den Mund.

„Einen schönen Guten Morgen, Engelbert. Nein, kein Anruf bis jetzt."

„Ach so! Guten Morgen, mein Schatz! Du schmeckst nach Zahncreme."

„Hoffentlich ist es recht."

„Wie?"

„Deinetwegen werde ich mir die Hackerchen jedenfalls nicht mit Schnittlauch schrubben!“

Lachend legte er die Arme um sie. „Bleib bei Zahncreme! Hast du schon in die Zeitung geguckt?“

„Nö.“

„Macht sich toll – unser Inserat (*Anzeige*).“

Sie gingen in die Küche, wo der Milchtopf auf dem Elektroherd stand und der Kuhsaft brodelte.

Tom legte die heutige Zeitung auf den Tisch, natürlich das TAGBLATT, wo Gunter als leitender Lokalredakteur zu den wichtigsten Leuten zählte. Es war das bedeutendste Blatt weit und breit.

Tom schlug den Lokalteil auf, sagte: „Nee, ist ja hinten!“ – und blätterte weiter zu den Inseraten.

Es stand unter den Geschäftsanzeigen: Ein großes, zweispaltiges Inserat im Kasten (*eingerahmt*).

„Fällt auf, wie?“

„Phantastisch!“ Locke beugte sich über die Zeitung. „Wen da nicht die Möge (*Lust*) packt, der ist entweder bescheuert oder er braucht unsere Dienste nicht.“

„Was für Dienste?“ fragte eine Simme von der Küchentür her.

Mike, gerade erwacht, schleppte sich schlaftrunken herein. Er trug seinen weißen Bademantel und sah aus wie der Playboy (*Geldprotz, den nur Vergnügungen interessieren*) vom Dienst.

„Morgen, Tom!“ Er schüttelte seinem Beinahe-Schwager die Hand. „Kaffeeeee! Bitte, Kaffeeeee!“ gähnte er dann sein Schwesterchen an. „Mach mir einen starken Kaffee, Prinzessin, und ich verzeihe dir deine nächsten fünf Sünden.“

„Sieh dir mal diesen unrasierten Pascha (*selbstherrlicher Typ, der sich von Frauen bedienen läßt*) an“, sagte Locke zu Tom. „Ein Glück, daß du nicht so bist, sonst wüßte ich nicht, wenn ich zuerst vors Schienbein trete. Brüderchen, du weißt doch sicherlich, wo die Kaffeedose steht und wie man Wasser in den Kessel füllt. Also mach's dir, damit du mit deinen 19 Jahren endlich selbständig wirst."

Mike grinste.

Zu Tom, der noch breiter grinste, meinte er: „Sei froh, daß du keine jüngere Schwester hast. Sie macht uns fertig. Mich, unseren Ernährer, die Nachbarn, die Pauker. Eines Tages wird unser Viertel verwaisen, weil alle – total entnervt – wegziehen. Dann hat sie erreicht, was sie wollte".

Locke lachte. „Das ist aber nicht das Pralle (*Wahre*), was du da rausläßt. Ich mag Leute um mich herum. Es muß menscheln. In einer Geisterstadt, einer leeren, meine ich, würde ich nicht mal übernachten. So, und jetzt wirst du staunen. Ich werde mich nämlich mal in Dienstleistung üben und dir einen Kaffee brühen. Nicht aus geschwisterlicher Liebe, sondern – wie gesagt – zwecks Übung."

Mike ließ den Mund offen. „Was ist los mit ihr, Tom? Wieso Dienstleistung?"

„Das ist ab heute unser Job. Unser Ferien-Job!"

„Was? Wollt ihr Kellnern?"

„Unsere Dienste sind anderer Art."

Er schob Mike die Zeitung hin und tippte nachdrücklich auf das Inserat. Was aber nicht nötig war. Mike hätte es nicht übersehen.

Er las und wurde schlagartig munter.

„Seid ihr übergeschnappt?"

„Nein", sagte Tom.

„Wenn du nochmal so fragst", sagte Locke, „gieße ich dir das Kaffeewasser, sobald's heiß ist, in den Kragen."

Zum dritten Mal las Mike das Inserat, obwohl es nicht schwer zu verstehen war.

„Weiß unser Vater das schon?"

„Wir wollen ihn überraschen", sagte Locke.

„Das wird euch gelingen."

„Wir benötigen noch Mitarbeiter", erklärte Tom. „Wenn du Bock auf diese interessante Tätigkeit hast, brauchst du nur ja zu sagen. Nicki macht auch mit, allerdings erst später. Heute und morgen fällt er aus. Gestern abend hat ihn nämlich eine Hornisse in die Pfote gestochen. Ist enorm angeschwollen. Jetzt humpelt er dreibeinig durchs Haus und hält jedem mitleidheischend die Pfote hin." Tom lachte. „Hätte nicht gedacht, daß unsere Bestie so wehleidig ist."

„O Gott!" sagte Locke. „Der arme Nicki. Das tut mir aber leid."

„Mitarbeiter bei euch?" Mike war noch zweieinhalb Gedanken im Rückstand. Er blies die Backen auf. „Das muß ja gräßlich sein."

„Wieso?" Tom grinste. „Mit Locke als Chef? Sie ist nämlich die Chefin. Weil's ihre Idee war. Ich bin Kompagnon (*Geschäftspartner*) und fast gleichberechtigt. Im Streitfall stimmen wir ab."

„Tom hat eine Stimme", nickte Locke, „ich anderthalb. Die einfache Mehrheit gilt. Mitarbeiter sind nicht stimmberechtigt, sondern müssen gehorchen."

„Niiieeeee!" rief Mike. „Niiieeee würde ich bei euch mitmachen! Ich bin doch nicht lebensmüde."

„Müde? An einem so schönen Morgen?" Gunter Rehm kam herein.

Er war geduscht und rasiert, hatte sogar den Schnauzbart gestutzt, trug seine Hausmann-Gammeljeans und ein Militaryhemd, an dem nur ein Knopf fehlte.

Gunter konnte mit Nadel und Zwirn nicht gut umgehen. Mike wußte gar nicht, was das ist. Und Locke lehnte hausfrauliche Tätigkeiten rundheraus ab, weil sie Abenteuer anderen Kalibers im Sinn hatte. Dr. Helga Conradi schließlich – Toms Mutter und Gunters künftige Ehefrau – hatte mit ihrer Tierarztpraxis so happig viel zu tun, daß sie sich höchstens vierteljährlich um Wäsche und Garderobe ihres Liebsten kümmern konnte.

Dieser Situation angepaßt, verfuhr Gunter so: Wenn irgendwo mehr als drei Knöpfe fehlten, übergab er das Textil-

stück einer gemeinnützigen Kleidersammlung. So diente es einem guten Zweck, immerhin.

„Setz dich erstmal“, sagte Mike zu seinem Vater, nachdem Gunter seinen künftigen Stiefsohn, nämlich Tom, herzlich begrüßt hatte. „Auf dich wartet ein Schreck in der Morgenstunde.“

Er reichte ihm die Zeitung und wies auf das Inserat.

Gunter runzelte die Stirn.

„*Achtung*", las er, „*brandneu und einmalig. N. Rehm und T. Conradi, die jungen Detektive, übernehmen jeden Auftrag. Diskret (verschwiegen), schnell und preiswert. Erfolgsgarantie auch bei hoffnungslosen Fällen. Telefon* . . . Heh!" Für einen Moment ließ er die Zunge zwischen die Zähne hängen. „Das ist ja unsere Nummer."

„Helgas konnten wir nicht nehmen", erklärte Locke. „Sie braucht ihr Telefon für die Praxis."

„Seid ihr übergeschnappt?" fragte Gunter.

„Vorsicht!" warnte Mike grinsend. „Unsere Prinzessin wehrt Kränkungen mit heißem Kaffeewasser ab."

Gunters Handrücken schlug auf die Zeitung. „Was soll das?"

„Papilein", säuselte Locke, „du bist doch sonst nicht so schwerfällig. Tom und ich werden arbeiten. Als Detektive! Das kann schließlich jeder."

„Unser Anlaß", schaltete sich Tom ein, „war die allgemeine Lage am Arbeitsmarkt, die ja bekanntlich katastrophal ist. Wir sagten uns nämlich: Da wir fünf plus Nicki erst in zwei Wochen unsere gemeinsame Ferienreise antreten – brauchen wir, diesmal meine ich Locke und mich, unbedingt einen Ferien-Job! Wäre es doch verwerflich, faul rumzuhängen und zwei kostbare Wochen mit Nichtstun zu verplempern! Mord und Motzer, haben wir uns bemüht! Überall! Aber nirgends ist ein Job frei."

Er holte tief Luft, worauf Locke fortfuhr.

„Haben wir uns also gesagt, wenn's keine Job gibt, machen wir uns selbst einen. Selbstgemacht ist nämlich immer noch das beste. Das gilt nicht nur für Wollsocken und Röcke, fürs Tapezieren und den Bio-Garten, sondern . . ."

„Lenk nicht ab!" gebot Gunter. „Ich will wissen, welcher Teufel euch geritten hat, als euch dieser Einfall kam."

„Mein Gehirn ist doch kein Teufel, Papi. Dort entstand nämlich dieser genialische (*überschwenglich-schöpferische*) Plan."

„Dein Gehirn", sagte Bruder Mike, „ist die Hölle."

„Dann ist deins ein sogenanntes Schwarzes Loch im Weltall", schlug die Süße zurück, „total leer, aber trotzdem gefährlich für alles, was vorbei fliegt. Ich denke da besonders an flotte Käfer und Bienen."

„Summ . . . summ . . .", machte Tom.

Gunter verbiß sich ein Lachen. Der erste Schreck ließ bereits nach. Im Grunde imponierte ihm, was die beiden da anzettelten. Allerdings – diesmal hatten sie sich einen Schritt zu weit vorgewagt.

„Erfolgsgarantie auch bei hoffnungslosen Fällen", er schüttelte den Kopf. „Das sind affenstarke Versprechungen. Wie wollt ihr die erfüllen?"

„Ich mit meinem Höllenhirn", sagte Locke, „und Tom mit seinen Karate-Muskeln – ist das nicht eine tolle Mischung? Da schaffen wir – fast – alles."

„Ein bißchen Gehirn habe ich außerdem auch", meinte Tom, „obwohl da nicht so die Teufel rumsausen wie bei Locke. Außerdem, Gunter, wenn uns ein Fall zu anspruchsvoll erscheint, lehnen wir ab. Wegen übervollem Terminkalender. Wegen Mangel an Zeit. Das Recht haben wir schließlich. Wir müssen nicht jeden Klienten, *(Kunden, Auftraggeber)* annehmen. Aber wenn's darum geht, einen entlaufenen Hund wiederzufinden, zum Beispiel, oder eine entlaufene Katze oder einen entflogenen Sittich – dann steigen wir voll ein: diskret, schnell und preiswert."

„O Gott, o Gott!" stöhnte Mike. „Es ist nicht zu fassen."

„Weiß Helga davon?" fragte Gunter und griff nach Mikes Tasse.

„Beim Frühstück", nickte Tom, „habe ich die Frau Doktor eingeweiht. Nach dem Ohnmachtsanfall sah sie die Kiste ganz cool. Sie will uns Klienten zuschanzen, sobald sie was hört."

„Das erwarten wir auch von dir, Papi", meinte Locke. „Du warst schließlich mal Polizeireporter."

„Was hat das damit zu tun?"

„Du kennst doch die halbe Unterwelt!"

„Die ganze. Jedenfalls die hiesige. Aber die Ganoven werden nicht eure Kunden. Das verhindere ich. Außerdem entlaufen denen keine Hunde, keine Katzen und . . . "

„Ich denke doch mehr an die andere Seite", fiel Locke ihm ins Wort: „an die Bedrohten und Hilfesuchenden. An jene bedauernswerten Mitbürger und Zeitgenossen, die aus eigener Kraft nicht mehr klarkommen. Bevor sie Opfer der Ganoven werden, lassen wir ihnen unsere Hilfe angedeihen."

Tom nickte. „Dafür sind wir schließlich da."

„Nein!" rief Gunter und klatschte auf den Tisch, daß die Tasse Weltrekord hüpfte. „Nicht ihr! Die Polizei ist dafür da."

„Wie ich schon sagte," wiegelte Tom ab, „übernehmen wir nicht jeden Fall. Beim Inserat haben wir nur ein bißchen die Anmache (*Kontaktversuch*) aufgedreht, damit's nach was klingt und die Klienten anrollen."

„Dennoch", Locke nahm die Schultern zurück, „versage ich als Christ, Mensch und Chefin der Detektei Rehm-Conradi auch jenen Klienten meine Hilfe niiiicht, die von der Unterwelt bedroht werden"

„Aha!" Gunter trank noch einen Schluck Kaffee. „Und eure Detektei ist also hier?"

„In deinem Arbeitszimmer", nickte Locke. „Hast ja Urlaub. Dein letztes Buch ist fertig. Das nächste fängst du noch lange nicht an, wie du Helga am Sonntag versprochen hast. Arbeiten – während der nächsten zwei Wochen – willst du ohnehin nur im Garten. Also steht dein Arbeitszimmer leer. Es wäre ganz allein mit sich und garantiert traurig. Bevor es sich die Augen ausweint und feuchte Wände kriegt, werden wir es – notfalls gegen Miete – benutzen, um Klienten zu empfangen. Verdammte Kiste! Findest du nicht auch, Tom: Jetzt könnte allmählich einer anrufen. Ich dachte, die reißen sich um uns."

Tom warf einen Blick auf seine Armbanduhr.

„Die Mehrzahl der Mitbürger frühstückt jetzt erst. Die wenigstens haben die Zeitung gelesen."

Gunter sagte: „Habt ihr euere Detektei ordnungsgemäß beim Gewerbeamt angemeldet?"

Locke machte große Augen. „Muß man das?"

„Selbstverständlich. Sonst ist es Schwarzarbeit. Ihr wollt doch Geld verdienen?"

„Das steht nicht im Vordergrund. In erster Linie wollen wir helfen."

„Jedenfalls sind wir preiswert", schränkte Tom ein. „Anmelden können wir unsere Firma immer noch. Erst muß sich mal rausstelllen, ob's überhaupt ein Gewerbe wird."

Locke schenkte Kaffee nach und stellte zwei weitere Tassen auf den Tisch, damit jeder was bekam. Sie selbst bevorzugte Milch und zuzzelte emsig.

„Für Fälle, die große Aktionen erfordern", sagte sie, „benötigen wir noch Mitarbeiter, Papi. Falls dich Unkrautjäten und Heckenschneiden kulturell nicht ausfüllt, könntest du eine schriftliche Bewerbung bei mir einreichen. Mit Lebenslauf, polizeilichem Führungszeugnis und . . . nein! Ein Foto brauche ich nicht. Was das betrifft, kenne ich dich. Zunächst gewähre ich dir dann Einblick in unsere Betriebsordnung. Tom hat sie verfaßt."

„Sie ist der allgemeinen Lage am Arbeitsmarkt angepaßt", nickte Tom, „auf die ich eingangs schon hinwies. Natürlich ließ ich mich leiten von dem Gedanken an Menschenwürde und Betriebsklima. Jedem Mitarbeiter soll's bei uns gefallen. Deshalb sieht es so aus: Arbeitszeit – 24 Stunden pro Tag. Urlaub – nie. Gehalt – gibt's nicht, aber der Mitarbeiter muß eigenes Geld für Spesen mitbringen. Im übrigen hat die Chefin immer recht."

„Ein vorbildlicher Betrieb", meinte Mike. „Eine musterhafte Firma: Modern und ganz auf den Menschen, den Arbeitnehmer, zugeschnitten."

Gunter stand auf. „Ich gehe in den Garten. Unkrautjäten, Heckenschneiden – was für herrliche Arbeit. Im Stillen werde ich beten, daß niemand auf die Idee kommt, die jungen Detektive um Hilfe zu bitten. Lieber erhöhe ich euer Taschengeld."

„Das finde ich gar nicht lustig", rief Locke. „Aber im Leitfaden für Detektive, den ich mir für 9,80 D-Mark gekauft habe, steht ohnehin als erstes, man dürfe sich niemals entmutigen lassen. Nicht mal durch den eigenen Vater."

„Oder die allgemeine Lage am Arbeitsmarkt", sagte Tom.

„Oder das herrliche Sommerwetter", stichelte Mike, „das buchstäblich dazu verführt, im Schwimmbad zu liegen und Nullgedanken nachzuhängen. Na, dann viel Spaß!"

„Unseren Spaß machen wir uns selber, du Nullchecker (*Spätzünder*)", sagte Locke.

2. Rache verjährt nicht

Er stand wie jeden Morgen an der Zellentür, glotzte die Wände an und überlegte, ob es ratsam sei, den Kalfaktor (*Bediensteter, Aushorcher im Gefängnis*) doch noch zu verprügeln.

Draußen rumpelte der Frühstückswagen über den gefliesten Boden.

Oswald Pollner drehte den Blechnapf zwischen den Händen.

Nein! Besser, er hielt sich zurück. Nach zwölf Jahren Haft sollte nichts die Entlassung gefährden. Überhaupt – es hatte auf des Messers Schneide gestanden. Um ein Haar – und sie hätten ihn dabehalten für lebenslängliche Sicherheitsverwahrung. In einer Art Klapsmühle wäre dann sein Platz gewesen.

Auch Höseler, der Kalfaktor, würde eines Tages seine Straße verbüßt haben.

Pollner schob das Kinn vor. Dann zahle ich's ihm heim, dachte er. Für jede Schikane.

Der Riegel klirrte.

Faßmacher, der uniformierte Aufseher, hielt sein Ballongesicht herein.

„Na, keine Tränen? Oswald, du enttäuscht mich. Ist doch heute dein letzter Tag. Und ich dachte, du hättest dich eingelebt."

Pollner grinste. Gegen Faßmacher hatte er nichts. Der war auf seine Weise in Ordnung.

Er streckte Höseler Tasse und Napf hin und wußte, der Kalfaktor würde versuchen, ihm heißen Kaffee über den Daumen zu gießen.

„Nur von Höseler, Herr Faßmacher, fällt mir der Abschied schwer. Sein Ohrfeigengesicht werde ich schmerzlich vermissen."

„Daß ihr euch immer hacken müßt", brummte Faßmacher

gutmütig. „Naja, in unserem Erholungsheim sehen wir dich nicht wieder, Oswald, oder?"

Pollner zeigte grinsend die Zähne. „Ich werde Mitglied im Kirchenchor. Das war schon immer mein Traum. Daß ich zu Unrecht verurteilt wurde, trage ich dem Gericht nicht mehr nach. Justizirrtümer hat's zu allen Zeiten gegeben". Er hob die Achseln. „Ich bin ein Opfer, aber ich beklage mich nicht."

Höseler sagte: „Red keinen Mist. Du weißt selber am besten, wie's mit dir steht. Sei froh, daß du überhaupt wieder rauskommst."

Pollner sah den Kalfaktor an.

Höseler hatte ein Gesicht wie Leim und die Augen einer tiefgefrorenen Forelle.

„Du wirst im Herbst entlassen, hörte ich. Vielleicht hole ich dich mit'nem Blumenstrauß ab."

„Im Herbst", erwiderte Höseler, „gibt's dich nicht mehr. Dann bist du längst in der Gosse krepiert."

„Keinen Zoff!" gebot Faßmacher und schloß die Zellentür.

Pollner aß das reizlose Frühstück.

Er war mittelgroß, schlank, hatte einen hageren Schädel und farbloses Haar. Er war kein einprägsamer Typ. Trotzdem vergaß man ihn nicht. Der Haß, der ihn durchtränkte, teilte sich mit. Er war gefährlich. Das spürte jeder. Er war heimtückisch. Das hatten etliche erfahren.

Von Konrad Bonsel, dem Klumpfuß, hätte er sich gern verabschiedet. Zwei Jahre hatte er mit ihm die Zelle geteilt. Aber Bonsel war in den D-Block verlegt worden. Seine, Bonsels, Entlassung lag in weiter Ferne. Ob er das noch erlebte? Immerhin, Bonsel war hier der einzige gewesen, dem Pollner vertraut hatte. Ihm hatte er sogar von dem Schmuck erzählt. Von dem ‚Blauen Marinak' und der ‚Gerushuny-Kette'.

Es war ein Tag keimender Unruhe für Pollner.

Er fühlte sich, als hätte er Gift in den Adern. Auch Angst spielte mit – Angst, nach zwölf Jahren wieder Freiheit zu atmen.

Ob er sich draußen zurecht fand? Anfangs sicher nicht. Aber viel wichtiger war, daß der Schmuck noch dort war, wo er ihn damals hinterlassen hatte.

Und seine Rache!

Die werde ich genießen, dachte er. Zwölf Jahre lang, Tag für Tag habe ich mir das ausgemalt. Nichts anderes hätte mich aufrecht gehalten. Jetzt soll er büßen, dieser Hund. Warte nur, Gunter Rehm! Es ist soweit. Jetzt wird abgerechnet. Mit dir. Aber nicht ruck-zuck, daß du weg bist, sondern so, daß du leidest. Erst lösche ich deine Familie aus, und du wirst dabei zusehen. Es werden Unfälle sein. Oder die Taten eines Unbekannten. Jedenfalls nichts, das auf mich weist. Erst deine Familie, dann du. So ist das nun mal! Auge um Auge, Zahn um Zahn.

Pollner furchte die Stirn. Hatte er auch Bonsel von seinem Vorhaben erzählt? Oder alles nur gedacht, nur geträumt? Zum Henker! Er wußte es nicht mehr. Zu sehr mischte sich alles in diesen endlosen Jahren der Haft: Gedanken, Gespräche, Träume, Wünsche, Pläne.

Oswald Pollner war 44 Jahre alt. Als Maskenbildner hatte er früher beim Theater gearbeitet. Lange Zeit wußte niemand von seinem Doppelleben: als Sittenstrolch, als brutaler Verbrecher, der Mädchen und jungen Frauen auflauerte. Damals zitterte die Stadt vor dem unbekannten Unhold. Viele seiner Opfer wurden bis zur Bewußtlosigkeit gewürdigt und schwer verletzt. Daß man ihn faßte, war Gunter Rehm zu verdanken. Zufällig kam Lockes Vater eines Nachts hinzu, als Pollner im Stadtpark eine Frau überfiel. Gunter überwältigte ihn.

Pollner war vollverantwortlich für seine Untaten. Er erhielt zwölf Jahre Haft. Anschließende Sicherheitsverwahrung – zum Schutz der Allgemeinheit – wurde in Aussicht gestellt. Aber der Verbrecher war nicht nur ein hervorragender Maskenbildner, sondern auch ein listiger Schauspieler. Sein Benehmen im Gefängnis gab keinen Anlaß zum Tadel

– abgesehen von Streitereien mit Höseler. Pollner täuschte seine Umwelt. Das Los lebenslänglicher Sicherheitsverwahrung blieb ihm erspart. Heute wurde er entlassen.

Und auf mich wartet der Schmuck, dachte er. Das ist so gut wie eine Million. Nur drei wissen davon. Bonsel, ich und Margot. Sie hat ihn aufgehoben. Bestimmt. Sie ist zuverlässig. Sie hat die Klunkern. Und wehe nicht!

Nie hatte sie ihn im Gefängnis besucht. Das war abgemacht. Sie hatte ihm nicht geschrieben und er nicht an sie. Kein Kontakt! Das war besser. Niemand sollte ahnen, daß Margot seine Quindipse (*Gaunersprache: Freundin*) war.

Eine Million!

Ein herrlicher Gedanke. Er lehnte den Kopf an die Scheibe.

Mittags entließen sie ihn.

Der Kerl in der Kleiderkammer grinste.

„Dein Anzug, Pollner, ist inzwischen wieder modern. Und wenn du dich frisch einpuppen willst – dann rein ins Vergnügen! Wer so reich ist wie du!"

Pollners Kopf ruckte hoch. „Wie meinst du das?"

„Na, langsam!" Der Dicke hob abwehrend die Hand. „Zwölf Jahre hast du nun Tüten geklebt. Da hat sich was angesammelt."

„Ach so.".

„Was denn sonst?"

„Nichts. Bin ein bißchen empfindlich geworden."

„Wem sagst du das. Dann alles Gute!"

„Danke! Und was das betrifft", Pollner schwenkte seine schwindsüchtige Brieftasche, „wirst du hier ausgebeutet wie ein Arbeitssklave im alten Ägypten."

„Als Überbrückung wird's schon reichen – bis zum nächsten Coup." Der Dicke grinste. „Oder willst du arbeiten?"

„Selbstverständlich."

„Auf dich haben sie gewartet!"

„Bei der Müllabfuhr", nickte Pollner. „Da haben sie einen Job für mich aufgehoben."

Fast verwundert stellte er etwas später fest: Die Luft draußen roch auch nicht anders als innerhalb der Mauern.

An der Bushaltestelle zog er Blicke auf sich. Die Leute hielten ihn für das, was er war. Aber das störte ihn nicht.

Er fuhr in den Ort hinein, den er von damals her kannte, aber nie gemocht hatte.

Während der kurzen Fahrt hatten nur zwei Gedanken in seinem Hirn Platz: Die Gier nach dem Schmuck und der Haß auf Gunter Rehm.

Heilmanns Schnellimbiß existierte noch. Aber der Besitzer

hatte gewechselt. Hier war man auf entlassene Häftlinge eingestellt, die den ersten Schritt in die Freiheit mit Bier und Schnaps begossen.

Als Pollner wieder auf der Straße stand, war er benommen vom Alkohol. Schwerfällig latschte er die Straße zum Bahnhof hinunter.

„Hallo!"

Als der Mercedes neben ihm hielt, blinzelte er in die Sonne.

„Meinen Sie mich?"

„Soll ich Sie ein Stück mitnehmen?" fragte der Fahrer. „Zur Stadt. Sie wollen doch zur Stadt?"

„Sieht man mir das an?" Pollner grinste. „Na, wenn's so ist und ich die Fahrkarte sparen kann – ja, ich will zur Stadt."

„Steigen Sie ein!"

Pollner rutschte auf den Beifahrersitz. Von der Seite musterte er den hilfsbereiten Zeitgenossen. Wie einer, der aus reiner Nächstenliebe unterwegs Fahrgäste aufliest, sah er nicht aus. Er war ungeschlacht und gedrungen. Das rote Gesicht schwitzte.

„Frisch entlassen?" fragte Rotgesicht.

Pollner hatte eine patzige Erwiderung auf der Zunge, bezähmte sich aber.

„Sieht man das?"

„Sehen? Nein. Man riecht es. Der Anzug war jahrelang eingemottet. Das ist es. Ich bin Erich Wasen."

Er lenkte mit einer Hand. Die andere hielt er ihm hin. Pollner ergriff sie kurz, lehnte sich dann zurück und fachte sein Mißtrauen an. Was wollte der Kerl?

„Ich heiße Pollner. Oswald Pollner."

„Ich weiß."

„Heh, wie soll ich das verstehen?"

„Das bedeutet, Pollner, daß ich auf dich gewartet habe."

„Weshalb?"

„Bleib jetzt schön ruhig, ja?" Mit dem Handrücken wischte

er über sein Rotgesicht. „Wir – es sind noch andere außer mir – wußten genau, daß du heute entlassen wirst. Seit du draußen bist, habe ich dich beobachtet. Wollte sehen, wie du rumstolperst." Er lachte. „Hast dir Kaltschalen reingezogen (*Bier trinken*), bist es aber nicht mehr gewöhnt."

Pollner begann zu schwitzen. „Sag endlich, was du willst!"

„Es geht um einen Vorschlag, den wir dir machen. Aber dazu muß ich etwas weiter ausholen. Vor zwölf Jahren, Pollner, hast du den Juwelier Bronstein überfallen. War ein guter Coup. Die blöden Bullen sind nie dahintergekommen, wer der Täter ist. Und nicht mal in der Unterwelt kannte man ihn. Immerhin sind dir damals ein Diamant in die Hände gefallen, der Blaue Marinak, und eine Kette mit Perlen, die zu den kostbarsten der Welt gehören. Was ganz Seltenes! Was ganz Tolles! Stimmt's?"

Kalter Schweiß durchweichte sein Hemd. Pollner konnte kaum atmen.

„Ich . . . weiß nicht, wovon du redest", keuchte er.

„Aber, aber! Wer wird denn! Mach's dir nicht unnötig schwer, Pollner. Wir sind eine kleine Gruppe von Profis (*Berufsmäßigen*). Wenn du bei uns verschissen hast, ist dein Leben soviel wert." Er schnippte mit fetten Wurstfingern. „Unser Chef ist'n Ami. Ein waschechter New Yorker. Er kam her als GI (*US-Soldat*) und ist dann geblieben, weil ihm Germany (*Deutschland*) so gut gefällt. Aber er hat die harten amerikanischen Methoden mitgebracht – und eingeführt. Und seine Finger hat er überall drin. Also sei vernünftig, Pollner, sonst tut's dir noch leid, daß du nicht im Knast geblieben bist."

„Ich . . . ich . . . Wieso . . . Woher wißt ihr . . .?"

„Woher wir von den Klunkern wissen?" Wasen lachte, als hätte er den Mund voller Schweineschmalz. „Da kannst du mal ermessen, wie weit Braddys Arm reicht. Braddy ist unser Chef. Sicherlich entsinnst du dich noch an Konrad Bonsel, den Klumpfuß?"

„Was? Der?" Sein Rückgrat schien aufzuweichen. Er hatte Mühe, nicht zusammenzusinken.

„Ja, der! Dein lieber Zellengenosse. Hast ihm vertraut. Aber der hat sofort einen Kassiber (*heimliche, schriftliche Mitteilung aus dem Gefängnis*) rausgeschickt und unserem Chef brühwarm berichtet. Braddy dankt ihm das, indem er Bonsels Frau was zukommen läßt."

Pollner erkannte seine eigene Stimme nicht, als er fragte: „Was hat Bonsel – dieser Saukerl! – behauptet?"

„Daß du die Klunkern hast und ganz wild drauf bist, rauszukommen, um endlich in Saus und Braus zu leben."

„Das stimmt nicht."

„Was stimmt nicht?"

„Ich habe den Schmuck nicht."

„Mann!" heulte Wasen. „ Du tust mir leid. Bist doch ein netter Junge – abgesehen von deinem etwas aufdringlichen Benehmen damals bei den Weibern. Pollner, ich werde es nicht mit ansehen können, wie sie dich fertigmachen. Du glaubst ja nicht, wie das ist, wenn Kleef und Stocker, meine Kumpels, loslegen. Danach bist du Abfall, bist nur noch als Katzenfutter zu gebrauchen und verrätst doch, wo deine Beute versteckt ist. Tu dir das nicht an, Pollner!"

„Es ist aber wahr. Ich habe den Schmuck nicht. Den hat Margot. Sie hebt ihn für mich auf."

„Margot – und wie weiter?"

Pollner schüttelte den Kopf. „So einfach geht das nicht, Wasen. Ich sehe ein: Meine Karre ist festgefahren. Ich kann weder vor noch zurück und schon gar nicht die Bullen um Hilfe bitten. Aber ich habe nicht zwölf Jahre von dem Schmuck geträumt, um ihn jetzt zu verschenken. Ich will einen Anteil. Schließlich ist das Zeug eine Million wert. Oder mehr. O Mann! Ich könnte mir die Galle rausreißen. Warum habe ich diesem Klumpfuß vertraut?"

„Alles hast du ja nicht verraten", grinste Wasen. „Oder weiß er von dieser Margot Sowieso?"

„Nein. Er weiß nur von meinem Coup damals und der Beute."

„Ich bringe dich jetzt zu Braddy. Aber ich kann dir schon sagen, was wir mit dir vorhaben. Du überläßt uns den Schmuck. Braddy – du wirst es nicht für möglich halten – hat bereits einen Käufer. Ja, wirklich! Der Typ reist aus Brüssel an, nächste Woche, und ist schon ganz brünstig auf das Zeug. Er wird kräftig blechen. Der Erlös geht durch fünf. Du kriegst 20 Prozent. Das werden so 120 000 bis 150 000 sein. Je nachdem, wieviel der Chef rausholt. Gut?"

Pollner überlegte nicht lange.

„Einverstanden. Aber ich habe eine Bedingung."

„Nämlich?"

„Ihr müßt mir helfen. Das heißt, mich verstecken. Für eine Weile. Damit mich die Bullen nicht finden – und damit mir auch sonst niemand auf die Spur kommt. Es geht nämlich . . . also gut, ich habe noch eine Rechnung zu begleichen. Es gibt da einen, dem ich die zwölf Jahre verdanke. Er hat mich damals erwischt. Er hätte es in der Hand gehabt, mich laufen zu lassen. Aber er hatte kein Verständnis für meine kleinen Leidenschaften, dieser verdammte Hund. Er schlug mich zusammen. Ich war halbtot, als er mich den Bullen übergab. Jetzt zahle ich's ihm heim. Aber nicht alles auf einmal, sondern portionsweise. Er hat Familie, hat Kinder. Erst kommen die dran. Mann, Wasen! Du weißt nicht, was Rache ist. Ich muß das hinter mich bringen. Sonst ersticke ich daran."

Der rotgesichtige Gangster warf einen kurzen Blick auf ihn. Wasen galt als brutal und abgefeimt. Dennoch – jetzt erschrak er ein bißchen. Soviel Haß war ihm noch nie begegnet.

★

So ein Frust! dachte Locke. Die totale Pleite läuft ab. Junge Detektive sind offenbar nicht gefragt. Jetzt ist es gleich Mit-

tag. Und was war? Von elf Anrufen waren sechs für Mike. Natürlich seine Tussis, die sich am Telefon die Zähne stumpf schnattern. Und der Rest war für Papi: dienstlich, halbdienstlich, fast gar nicht dienstlich. Unerhört, ihm so auf die Pelle zu rücken, wo er doch ab heute im Urlaub ist!

„Was mich nervt", sagte Tom, „ist die Schadenfreude."

Sie saßen in Gunters Arbeitszimmer und bewachten das Telefon, den Zweitanschluß, auf den jetzt umgestöpselt war.

„Du meinst, weil Papi gegrinst hat. Und weil Mike gegrinst hat."

„Sie nehmen uns nicht für voll", nickte Tom. „Bei jedem Anruf spritzen wir los und angeln den Hörer, als würde der Polizeipräsident um unsere Hilfe ersuchen. Und dann ist es jedesmal nix. Wir sind nicht cool genug. Ich melde mich jetzt auch nicht mehr mit ‚Detektei Rehm'. Die Anrufer haben gegackert vor Lachen."

„Hm."

Locke rückte an ihrem Strohhut.

Im allgemeinen trug sie den – und die anderen, ähnlichen Gebilde – nur außer Haus. Jetzt hatte sie ihn aufgesetzt, um – notfalls – Zeit zu sparen. Wußte man denn, ob nicht ein brandeiliger Fall auf sie wartete? Etwas, das sofortiges Handeln verlangte: den Spurt zur Garage und den Schnellstart mit dem Motorroller.

Das Telefon klingelte.

„Ich glaube, ich bin an der Reihe“, sagte Locke und schwang sich den Hörer ans Ohr. „Ja, hallo“, meinte sie cool.

„Wer ist dort, bitte?“

Die Frauenstimme erinnerte an das Klingeln einer Registierkasse – allerdings wie eine aus einem todschicken Laden.

„Nina Rehm“, erwiderte Locke und verbiß sich die ‚Detektei‘.

„Ich weiß nicht, ob ich die richtige Nummer habe“, sagte die Frau unsicher. „Ich wollte die Detektei Rehm-Conradi, die . . . eh . . . jungen Detektive.“

Locke hielt den Atem an. Ihr Herzklopfen bewegte das T-Shirt.

Endlich!

„Da sind Sie hier richtig. Ich bin selbst am Apparat. Ich meine, ich gehöre zur Detektei. Sie haben unser Inserat gesehen, ja?“

„Wie bitte? Ach so, ja! Ganz richtig. Das sah ich. Und ich rief dann gleich bei Frau Dr. Conradi an, um zu hören, ob zwischen ihr und T. Conradi vielleicht ein verwandtschaftliches Verhältnis besteht. Frau Conradi schätze ich nämlich sehr. Sie hat damals viel für mich getan. Vielmehr für meinen Kater Napoleon. Inzwischen ist er leider verstorben. Nun, Frau Dr. Conradi bestätigte mir, es bestünde durchaus eine verwandtschaftliche Beziehung und die Detektei sei sehr zu empfehlen.“

Danke, Helga! dachte Locke. Du bist wirklich ein Schatz.

„Aha!“ sagte Locke. „Und worum geht es, Frau . . .“

„Glitter! Margot Glitter. Ja, das ist . . .“ Sie zögerte. „Ich weiß nicht, Fräulein Rehm, ob ich bei Ihnen . . . Also, um ehrlich zu sein: Ich glaube nicht, daß Sie für mich die richtige Adresse sind. Mir kann nur ein starker Mann helfen.“

„Davon habe ich hier mehrere“, erwiderte Locke rasch. „Wenn Muskeln erforderlich sind, werden Sie begeistert sein.“

„Wirklich?“

„Überzeugen Sie sich.“

„Frau Conradis Empfehlung hat mich ermutigt. Aber mein Anliegen ist sehr heikel, Fräulein Rehm.“

„Warum sagen Sie's mir nicht?“

„Am Telefon? Unmöglich!“ Sie zögerte abermals. „Ich besitze mehrere Boutiquen, die bekannten Glitter-Boutiquen. Internationale Mode, Sie verstehen. Frau Dr. Conradi hat sicherlich gleich vermutet, daß es um einen Ladendieb geht.“

„Ladendiebe sind unsere Spezialität“, behauptete Locke. „Ich meine das Aufspüren von Ladendieben und die Verhinderung der Diebstähle.“

„Sehr schön. Aber das ist mir vollinhaltlich wurscht. Es geht nicht um Ladendiebe. Ich kriege vielmehr die Flatter (*Angst*), wenn ich mir ausmale, was auf mich zukommt. Aber . . . nein, nein! Davor können Sie mich nicht bewahren. Ihre Stimme klingt zuuu jung. Wie jung sind Sie?“

„Mir bescheinigt jeder“, erwiderte Locke, „daß ich geistig und seelisch meinem Alter voraus bin, nämlich irre reif.“

Die Boutiquen-Tante verstand richtig.

„Also sind Sie sehr jung. Und Jugend allein ist kein Ersatz für Mangel an Erfahrung. Wie alt ist T. Conradi – wer auch immer sich dahinter verbirgt?“

„Tom? Den sollten Sie sehen. Ist ein alter Knochen gegen mich. Nächstes Jahr . . . kriegt er Falten.“

Beinahe hätte sie gesagt, nächstes Jahr müsse er sich bestimmt schon rasieren.

„Aber es gibt keinen Erwachsenen, keinen Mann in Ihrer Detektei?“

„Aber selbstverständlich!“ schwindelte Locke. „Bis hinauf zur Großmutter ist bei uns jeder Jahrgang vertreten. Wir können alles übernehmen.“

Bitte kommen Sie...

Margot Glitter zögerte lange. Dann seufzte sie.

„Also schön! Der Versuch kostet ja nichts. Ich werde bei Ihnen antanzen und mich durch Augenschein überzeugen, ob Ihr . . . äh . . . Angebot meinen Erwartungen entspricht. Sie sind nicht böse, wenn wir nicht zusammenkommen? Es ist nämlich wirklich . . . eine lebensgefährliche Sache."

„Bitte, kommen Sie! Wir sind bereit", sagte Locke.

Margot Glitter fragte nach der Adresse, wiederholte sie zweimal und sagte, sie wäre gleich da. Damit war das Gespräch beendet.

Locke warf den Hörer auf die Gabel.

„Heh", sagte Tom, „wieso kriege ich nächstes Jahr Falten?"

„Damit du älter aussiehst. Margot Glitter braucht einen athletischen Greis. Nein, nicht Greis, einen Mann! Nicht beknackte Kids (*Jugendliche*) wie uns. Sie will wen Verläßliches. Nun frage ich dich: Sind wir das etwa nicht?"

„Mach ihr das klar, der Spinatwachtel. Vielleicht kann sie ihr Anliegen aufschieben, bis wir volljährig sind. Oder eilt's? Himmel, warum mißtrauen diese Opa-Oma-Menschen der Jugend? Mir könnte es ja schnurz sein. Aber das ist nun unsere erste Klientin."

Locke nahm ihren Hut ab und feuerte ihn auf den Sessel. „Wird sie nie. Ich wette: Wenn sie uns sieht, macht sie den Larry (*regt sich auf*) und dann einen Abgang."

„So ein Theater! Und das wegen unserer Spezialität, der Ladendiebe. Sowas fange ich doch, wenn ich bis zum Hals im Gipsverband stecke."

„Es geht nicht um Ladendiebstahl. Es geht um . . ."

Sie hielt inne. In ihren Schwarzkirschen-Augen strahlten Scheinwerfer auf. Begeisterung überzog ihr Gesicht.

Tom merkte sofort: Ein Idee erleuchtete ihr helles Köpfchen – und zwar von innen.

„Engelbert!" flüsterte sie. „Ich hab's. Wir brauchen einen Repräsentanten!"

„Einen . . . was?"

„Einen Typ zum Vorzeigen. Ein Aushängeschild für die Firma. Einen Vertreter für die Detektei Rehm-Conradi. Einen, den wir vorschicken, der aber sonst nichts zu melden hat. Einen. . ."

„Himmel, ich weiß, was ein Repräsentant ist. Eine taube Nuß im Maßanzug. Einer, der unsere Klientin überzeugt. Durch Aussehen, Auftreten und wohlfeile Worte. An wen hast du gedacht?"

„Soweit bin ich noch nicht. Bitte, Schritt für Schritt? Erstmal das Grundsätzliche klären. Darin stimmst du also mit mir überein, Partner?"

Tom nickte. „Aber das bringt uns nicht weiter. Wann kommt sie, die Spinatwachtel?"

„Sofort."

„Dann können wir's vergessen."

„So eine doofe Kiste! Damit finde ich mich nicht ab. Tom, wir müssen . . . ja, natürlich . . . ganz auf die Schnelle müssen wir einen finden. Und wenn's . . ."

Sie war ans Fenster getreten und sah in den Garten hinaus.

Klipp-klapp . . .

Gunters Heckenschere kappte die Spitzen der Zweige, auf daß die Hecke noch dichter werde.

Klipp-klapp . . .

„ . . . und wenn's mein Papi ist", rief Locke. „Warum eigentlich nicht? Er ist zwar keine taube Nuß im Maßanzug und lehnt Mitarbeit ab, unbegreiflicherweise. Aber so einen klitzekleinen Gefallen, für uns den Anreißer, vielmehr den Überzeuger zu spielen, kann er sich doch hoffentlich abringen. Ich sag's ihm."

Sie sauste hinaus, Tom hart an ihren Fersen.

Durchs Terrassenzimmer stürmten beide auf die Terrasse, wo Mike faul im Liegestuhl hing. Fünf Minuten etwa hatte er in einem Buch über Abiturstoff geblättert. Seitdem lag es im Schatten und konnte sein Wissen für sich behalten.

Mike las die Fußballzeitung. Schließlich war das der Sport, für den er einen Teil seiner Seele verkauft hätte. Er kickte ja auch als talentierter Libero (*freier Mann, Verteidiger, der auch stürmt*) beim hiesigen FC Eintracht.

„Heh", meinte er. „Wo brennt's denn beim jungen Gemüse?"

„Selber ein Kohlkopf", gab Locke zurück. „Aber ein alter!"

Gunter ließ die Heckenschere sinken, als die beiden ihn umzingelten.

„Papi, hast du schon mal als Repräsentant gearbeitet?"

„Was?"

„Macht nichts. Du kannst das bestimmt. Sowas schüttelt ein leitender Redakteur aus dem Ärmel. Tom, was meinst du, muß er sich umziehen? Oder können wir ihn so lassen?"

Tom legte den Kopf schief. „Nach Maßanzug sieht er zwar nicht aus. Aber es geht. Daß am Hemd ein Knopf fehlt, fällt kaum auf."

„Habt ihr einen Sonnenstich?" erkundigte sich Gunter.

„Gleich tanzt unsere erste Klientin an", erklärte Locke. „Margot Glitter will aber unbedingt, daß ein gestandenes Mannsbild auf ihre Probleme anspringt. Sie ist noch ein bißchen von gestern, traut nämlich der Jugend nichts zu. Erst als ich ihr versicherte, daß wir auch sowas wie dich haben, willigte sie ein. Das heißt, sie will uns erstmal beschnuppern, ehe wir den Auftrag erhalten. Jetzt liegt es also an dir, Papi, sie vom Format unserer Detektei zu überzeugen. Aber ich weiß, du wirst deine Sache gut machen."

„Nichts werde ich machen", rief Gunter. „Ich habe Urlaub, zum Geier! Ich laß mich doch nicht mißbrauchen von euch. Überhaupt! Zieht mich nicht in eure Krimi-Kiste rein! Ich wasche meine Hände in Unschuld."

Locke nickte. „Händewaschen! Unbedingt! Das mußt du noch. Du hast da Ölflecke am Handrücken."

Mike feixte. Er hatte die nackten Füße auf den Gartentisch gelegt und die Zeitung neben sich.

Nichts werde ich machen!

„Wenn du die beiden jetzt hängen läßt, Gunter, verzeihen sie's dir nie. Jedenfalls nicht vor morgen mittag."

„Außerdem", lauthals spielte Tom den höchsten Trumpf aus, „hat uns meine Mutter, deine Zukünftige, die Sache vermittelt – jedenfalls die Klientin. Wenn Helga erfährt, daß wir scheitern, weil du uns deine Hilfe versagst – ouuuhhh, gibt das einen Familienknatsch!"

„Und ich petze's bestimmt", säuselte Locke.

Gunter ließ die Gartenschere fallen.

„So werde ich also mitschuldig", meinte er. „Womit habe ich dieses Schicksal verdient?"

3. Überfall bei der alten Adresse

Sigurd Flachl war blind, aber gebaut wie ein Geldschrank. Keuchend schleppte er den schweren Koffer die Treppe hinauf.

Am linken Arm fühlte er Inges Hand. Sie führte ihn.

Draußen waberte die Luft. Brütend heiß war der Tag. Auch hier im Treppenhaus stand die Luft wie brackiges Wasser.

„Wie hoch geht das denn noch?“ keuchte er.

„Noch eine Etage, Sigurd.“

„Warum hat das Haus keinen Lift?“

„Ich weiß nicht. Es ist ein wunderschönes Jugendstilhaus. Steht unter Denkmalschutz. Ich glaube, erst wenn es mehr als fünf Stockwerke sind, gehört ein Fahrstuhl zur Vorschrift.“

„Zum Kotzen! Und alles für nichts.“

„Sei nicht ungerecht, Sigurd! Mir bedeutet es viel, daß uns Rosie ihre Wohnung überläßt.“

Seit er erblindet war – nach einer Krankheit – hatten er und Inge die Träume von Wohlstand und komfortablem Leben verdrängt.

Sigurd arbeitete in einem kleinen Betrieb als Telefonist. Miete und das Nötigste zum Leben schluckten sein Gehalt.

Inge versuchte, mitzuverdienen. Aber das fiel ihr schwer. Als Kind hatte sie Scharlach verschleppt. Seitdem war ihr Herzmuskel geschädigt. Sie hielt weder als Verkäuferin durch noch im Schreibsaal. Durch Heimarbeit besserte sie das schmale Wirtschaftsgeld auf. Aber der Verdienst war gering.

Sie bewohnten eine Zwei-Zimmer-Wohnung im Osten der Stadt, in einem schäbigen Viertel. Inges einzige Zerstreuung waren Fernsehen und ein gelegentlicher Kaffeeklatsch mit Rosie Meyerhofer, ihrer Jugendfreundin.

Rosie hatte reich geheiratet, war aber früh verwitwet und

wohnte jetzt hier in der Blumenau-Straße, seit etwa vier Jahren.

Ihre Fünf-Zimmer-Wohnung war traumhaft möbliert. Immer wieder begeisterte sich Inge daran.

Als Rosie gestern zur Urlaubsreise nach Südfrankreich aufbrach, hatte sie den Wohnungsschlüssel zuvor bei Inge abgegeben.

„Ich bleibe vier Wochen. Solange könnt ihr die Wohnung haben. Ich weiß, Inge, daß sie bei dir in besten Händen ist."

Sigurd keuchte. Er teilte Inges Fröhlichkeit nicht. Von der Wohnung sah er ohnehin nichts. Für ihn war es nicht anders als zu Hause. Daß er sich jetzt mit dem schweren Koffer abschleppen mußte, machte ihn reizbar.

„Noch vier Stufen, Sigurd. So, da wären wir." Auch Inge keuchte. „Das werden herrliche Tage."

„Für dich vielleicht. Ob ich mich zurechtfinde, ist dir offenbar gleichgültig."

„Du hast es nur halb soweit zum Dienst."

„Aber ich kenne die Strecke nicht."

„Ich bring dich doch hin. Und selbstverständlich hole ich dich auch ab.

Er knurrte was von Selbstsucht und setzte den Koffer ab.

Inge kramte den Schlüssel aus der Tasche.

Sie war schmal, blaß, braunhaarig, 37 Jahre alt und sah ein bißchen wie eine Französin aus. In ihren Rehaugen spiegelte sich ihr sanftes Wesen.

„Hoffentlich ist ein gewisser G. Rehm nicht zu Hause", meinte sie lachend.

„Was?"

„Du kannst es nicht sehen, Sigurd. Wir stehen vor einer zweiflügeligen Eingangstür. Dunkles Holz. Sehr alt. Mit Butzenscheiben im oberen Drittel. Zauberhaft. Ein gewisser G. Rehm, ein Journalist, hatte die Wohnung, bevor Rosie einzog. An der Tür ist sein Namensschild angebracht. Aus Messing! Feinste Arbeit. Es ist angeschraubt und so hübsch, daß

Rosie ihn damals gebeten hat, es nicht zu entfernen. Sonst wäre ein häßlicher Fleck an der Tür entstanden – mit Schraubenlöchern und so. Deshalb ist es immer noch dran."

„Und der Briefträger bringt seine Post hierher, wie?"

„Die Post weiß Bescheid. Die Briefkästen sind sowieso im Parterre. Außerdem hat Rosie natürlich auch ihr R. Meyerhofer angebracht. Ein hübsches Schild. Aber nicht so hübsch wie das andere."

„Ist doch hirnrissig. Als käme es auf eine Wohnungstür an. Die kann man überpinseln."

„Diese nicht. Es ist naturfarbenes, uraltes Eichenholz." Sie schloß auf. „Hereinspaziert!"

In der geräumigen Diele legte Sigurd seine Jacke ab.

Inge führte ihren Mann in den Wohnraum. Sie schaltete den Fernseher ein, zu seiner und ihrer Unterhaltung. Aus dem Eisschrank holte sie eine Flasche Bier. Sie übersah Sigurds brummige Miene. Bis zu seiner Erblindung hatte ihre Ehe gut funktioniert. Seitdem ertrug sie seine Launen mit Nachsicht.

Er hörte, wie sie in Küche und Bad rumorte.

Was im Fernseher lief, interessierte ihn nicht. Er trank sein Bier. Später, bei der zweiten Flasche, begann er, sich wohlzufühlen.

Als es klingelte, wußte er im ersten Moment nicht, ob das Geräusch an der Tür war oder zum TV-Stück gehörte.

Aus der Diele rief Inge: „Da weiß jemand noch nicht, daß Rosie verreist ist."

Er hörte, wie sie öffnete.

„Ja, bitte . . .", sagte Inge.

Es klang, als wollte sie etwas hinzufügen. Aber ihre Stimme erstickte.

Für einen Moment ertönte gurgelndes Krächzen. Dann fiel die Tür ins Schloß.

Stoff raschelte. Etwas scharrte hart über den Boden.

„Jetzt bringe ich dich um!" zischte eine Stimme. „Jetzt

stirbst du, Madeleine Rehm. Erst du, dann die andern. Zuletzt dein . . .“

„Inge!“ brüllte Sigurd. Er war aufgesprungen. „Inge, wer ist da gekommen? Was . . .“

Die einzige Antwort war ein dumpfer Laut, als stürze ein Körper zu Boden.

Die Tür wurde geöffnet. Schritte! Krachend fiel sie zu.

„Inge!“

Sigurds Herz hämmerte. Kalter Schweiß brach ihm aus allen Poren.

Drohende Stille schwebte durch die Wohnung.

„Inge!“

Aber sie antwortete nicht.

Mit ausgestreckten Armen tastete sich der Blinde zur Tür.

Er riß eine Bodenvase um und stieß sich das Schienbein an der Schrankkante wund. Dann stolperte er in die Diele.

„Si . . gurd!“ Ihre Stimme war kaum zu vernehmen. Sie klang, als wäre ihr Hals eingezwängt, und kam von unten.

Er beugte sich über seine Frau.

„Inge! Um Gottes willen . . . Was . . . hat der von Umbringen geredet?“

Sie richtete sich auf, sank ihm in die Arme und begann zu schluchzen.

„Es . . . war ein Mann. Ich kenne ihn nicht. Er . . . hat mich gewürgt. Ich glaube, für eine Moment habe ich das Bewußtsein verloren. Warum, Sigurd?“

„Er hat dich mit anderem Namen angeredet. Mit Madeleine Rehm.“

„Dann . . . hat er mich verwechselt. Ob er der Frau von diesem G. Rehm was antun wollte?“ Sie schnüffelte.

„Aber der ist doch schon vor vier Jahren ausgezogen!“

Er streichelte ihr Haar. „Hast du Schmerzen? Sollen wir einen Arzt rufen?“

„Vor allem die Polizei, Sigurd! Als erstes die Polizei!“

★

Inge

„Sind Sie Herr Rehm?“

Sie hatte geläutet, stand vor der Haustür, lächelte und schien zu wissen, daß ihr Lächeln Tresortüren öffnet.

Hoppla! dachte Gunter. Wenn das die Glitter ist, die Boutiquen-Tante . . . dann hat sie allerdings Anrecht auf ausgewachsene Hilfe. Sieht aus wie zwei Millionen Mark. Und der Porsche dort dampft noch. Offenbar ihr Wagen.

Er nickte. „Der bin ich, Frau Glitter. Ich gehöre zur Detektei. Wir sind sozusagen ein Familiebetrieb. Jeder auf seinem Platz, hahahah! Bitte, treten Sie sein.“

Sie hatte braunes Haar und krönte sich mit einer Frisur, die erst im Herbst modern wurde. Erlesener Schick umhüllte die schlanke Gestalt. Hier und dort hing etwas zuviel Schmuck. Das Gesicht war unregelmäßig, aber trotzdem noch hübsch. Die Lidschatten waren zu blau. Aber, wie gesagt, ihr Charme-Lächeln machte alles wett. Es kam aus der Seele, zumindest aus dem Brustraum unter der dritten Rippe.

Auf Gazellenbeinen schritt sie in die Diele.

„Ich bin Nina Rehm“, sagte Locke. „Mit mir haben Sie gesprochen.“

Margot Glitter gab ihr die Hand.

„Tom Conradi“, stellte sich Tom vor und grinste von Ohr zu Ohr. Er wollte Vertrauen in ihr wecken.

„Eine tolle Mannschaft“, sagte Frau Glitter. „Gehören Sie auch dazu?“

Sie meinte Mike, der neugierig um die Ecke schielte, aber bereits entschieden hatte, daß die Dame mit ihren – schätzungsweise – 39 Lenzen nicht seine Kragenweite war. Mit anderen Worten: Als Tussi für ihn nicht in Betracht kam.

„Sozusagen als Libero“, grinste Mike, begrüßte kurz und zog sich dann zur Terrasse zurück. Da die Tür offenstand, würde ihm kein Wort der Unterhaltung entgehen.

Sie wurde ins Terrassenzimmer geführt, selbstverständlich, und nicht ins Arbeitszimmer, wo erheblich schlimmere Unordnung herrschte.

Als alle saßen, wechselten Locke und Tom Blicke wie Bälle bei einem scharfen Tennismatch. Tolle Klientin! hieß das. Jetzt aber ran! Wird ein ganz großer Fall! Ein Glück, daß wir Gunter haben. Als Repräsentant wirkt er spitzenmäßig. Hoffentlich weist er ihr Anliegen nicht zurück. Sonst müßten wir uns einschalten. Dann wäre der Familienbetrieb im Eimer!

Sinngemäß besagten das die Blicke.

„Dürfen wir Ihnen was anbieten?" fragte Gunter. „Kaffee, Tee, heiße Milch, Sauerbrunnen? Unsere Nina macht alles. Sie ist die geborene Hausfrau."

Locke verzog keine Miene.

Tom grinste nur wenig.

Margot Glitter schüttelte den Kopf. „Danke! Ich bin viel zu aufgeregt. Ich könnte nichts zu mir nehmen. Also, was meine Bedenken betrifft, – die kann ich wohl vergessen. Frau Dr. Conradi hat nicht übertrieben, als sie mir die jungen Detektive empfahl."

Sie sah Gunter an, als müßte sie schätzen, wie jung er wohl sei.

„Ich bin 44", lächelte er. „Tennisspielen hält mich fit."

„Sie müßten mal seinen Aufschlag bewundern", sagte Locke. „Jeder zweite ein Ass. Außerdem ist er Linkshänder."

„Ich spiele auch Tennis", erwiderte die Frau, „aber nicht besonders. Um zur Sache zu kommen: Sie versichern mir doch ehrenwörtlich und unter Eid, daß alles, was hier gesprochen wird, nicht aus diesem Kreis herausdringt."

„Verschwiegenheit", nickte Locke – und schielte zur Terrassentür, „ist selbstverständlich. Sie können ungeniert reden. Es sei denn, Sie haben jemanden umgebracht. Dann wären wir nicht mehr auf Ihrer Seite."

Die Frau lächelte. „Aber nein! Das bestimmt nicht."

Gunter spürte, wie ihm zwischen den Schulterblättern der Schweiß ausbrach. Worauf habe ich mich da eingelassen? dache er mit wachsender Unruhe. Hoffentlich ist es eine haarsträubende Sache, die wir nicht übernehmen können!

„Ich brauche Schutz", sagte Margot Glitter. „Wirksamen Schutz. Sicher, ich könnte mich an die Polizei wenden. Aber damit würde ich mich in gewisser Weise selbst belasten. Zumindest würde ich meinen guten Leumund zerstören. Deshalb – also, Polizei kommt für mich nicht in Frage. Ich will auch keinen Beamten, den man mir wie einen Pappsoldaten vor die Tür stellt. Ich will . . .", sie suchte das passende Wort, „einen Leibwächter."

„Hm".

Gunter sah nicht aus, als risse ihn die Begeisterung aus dem Sessel.

„Sie werden bedroht?" forschte Locke.

„Noch nicht. Aber ich fürchte, wenn er merkt, daß ich das Zeug nicht mehr habe, bringt er mich um."

„Nicht, solange wir da sind", sagte Tom großartig und spannte die Brustmuskeln.

„Wir müßten Näheres hören", wurde Margot von Locke ermuntert.

„Tja, also", nickte die Boutiquen-Besitzerin, „da muß ich in die Vergangenheit zurückgehen. Vor 15 Jahren war ich eine dumme, unerfahrene Pute. Ich fiel auf einen Mann herein, der nichts taugt. Leider verstand er es, mich um den Finger zu wickeln. Was für ein Strolch, für ein Verbrecher, für ein Geisteskranker – ja, so könnte man sagen – er ist, merkte ich erst später. Als er nämlich gefaßt und verurteilt wurde – wegen so häßlicher Dinge, daß ich die jetzt gar nicht berühren möchte. Jedenfalls – solange wir zusammen waren, beeinflußte er mich in schlechtester Weise. Ich war auf dem Weg nach unten. Weil ich Verbotenes tat und vor allem, weil ich seine Mitwisserin wurde. Meine Schuld ist zwar heute längst verjährt. Man könnte mich nicht mehr belangen. Dennoch möchte ich mich damit nicht an die Polizei wenden. Es würde meinen Ruf ruinieren. Sie verstehen."

Locke und Tom nickten heftig.

Gunter rührte sich nicht. Er hatte sich entschlossen, den

Auftrag zurückzuweisen, sobald sich das machen ließ, ohne daß Locke und Tom ihr Gesicht verloren. Blamieren wollte er sie auf keinen Fall, andererseits aber auch nicht zulassen, daß sie in so eine Sache eintauchten.

„Weshalb er verurteilt wurde", fuhr sie fort, „braucht uns jetzt nicht zu interessieren. Jedenfalls erhielt er zwölf Jahre Haft mit anschließender Sicherheitsverwahrung. Also konnte ich mich darauf verlassen, daß ich ihn für alle Zeiten los bin. Leider ein Irrtum. Als Strafgefangener muß er sich mustergültig geführt haben. Jedenfalls gilt er wieder als tragbar für die Gesellschaft. Die Sicherheitsverwahrung bleibt ihm erspart. Er wurde heute entlassen. Und es ist nur eine Frage von Stunden, bis er bei mir auftaucht. Dann . . . befürchte ich das Schlimmste."

„Woher wissen Sie, daß er zurückkehrt?" fragte Gunter.

„Ich bin zufälligerweise mit dem Staatsanwalt bekannt, der damals die Anklage gegen ihn vertrat. Dr. Sänger ahnt nichts von meiner Beziehung zu Oswald, wußte also nicht, daß ich persönlich betroffen bin, als er mir davon erzählte. Er ärgerte sich nämlich krümelig. Er hält es für unverantwortlich, einen so gemeingefährlichen Kerl wie Oswald wieder auf die Menschheit loszulassen. Diese Entscheidung sei falsch und verhängnisvoll. Gestern abend, als wir uns auf einer Party trafen, machte Dr. Sänger seinem Herzen Luft. Er nannte auch den Namen. Ich wäre beinahe ohnmächtig geworden. Jetzt nehme ich's als einen Wink des Schicksals, daß ich davon erfuhr. Wenn auch erst in letzter Minute."

Locke und Tom waren vom Scheitel bis zur Sohle nur Ohr. Eine affenstarke Geschichte, auf der sie abfahren konnten als Detektive und Leibwächter.

Locke frohlockte, innerlich. Tom gratulierte sich, ebenfalls im stillen, daß er in letzter Zeit kein Karate-Training versäumt hatte.

Gunter kramte in seinem Gedächtnis. Einige Daten kamen ihm irgendwie bekannt vor, fast daß der stutzig wurde:

... zwölfjährige Freiheitsstrafe ... anschließende Sicherheitsverwahrung ... Oswald ... Oswald ... hm! ...

Kannte er den Fall? Möglicherweise. Vielleicht noch aus seiner Zeit als Polizei- und Gerichtsreporter. Aber das lag lange zurück.

„So weit, so klar", sagte Locke. „Aber es erklärt nicht, warum Oswald Ihnen an die Kehle will – falls er das will, denn Sie vermuten ja nur."

Margot verzog das Gesicht, als hätte sie Zahnschmerzen.

„Leider vermute ich nicht nur. Bis jetzt habe ich ein allgemeines Bild entworfen. Aber die Tatsachen sprechen für sich. Es war nämlich so. Vor zwölf Jahren überfiel Oswald den Juwelier Bronstein. Sie kennen ihn sicherlich?"

Fragend sah sie Gunter an.

Er nickte, als kaufe er dort jeden Freitag ein halbes Kilo Geschmeide.

„Oswald machte damals kostbare Beute", setzte sie ihren Bericht fort. „Neben einer Handvoll durchschnittlicher Ringe und Ketten sind ihm der Blaue Marinak und die Gerushuny-Kette in die Hände gefallen."

Gunter pfiff durch die Zähne.

„Daran entsinne ich mich. Der Täter war maskiert, entkam unerkannt und wurde bis heute nicht entdeckt. Der Schmuck blieb verschwunden."

„Richtig", nickte sie.

„Der Wert des Blauen Marinak und der Gerushuny-Kette wurde mit einer Million D-Mark veranschlagt. Damals. Und inzwischen sind die Preise gestiegen." Er rieb sich das Kinn. „Frau Glitter, ich muß Sie darauf hinweisen, daß wir diese Information nicht unterschlagen können. Der Raub liegt zwar zwölf Jahre zurück. Aber der Fall ist nicht abgeschlossen. Sie und wir sind verpflichtet, der Polizei Bescheid zu geben."

Ihr Gesicht wurde blaß.

„Bitte, hören Sie mich erst an. Die Sache geht weiter. Oswald gab mir nämlich damals den Schmuck. Zur Aufbewahrung. Dann wurde er plötzlich bei einem widerwärtigen Verbrechen ertappt und verhaftet. Ich sah ihn nie wieder. Allerdings ließ er mir eine Nachricht zukommen, heimlich. Bis zu seiner Entlassung sollte ich die Beute für ihn aufbewahren. Offenbar war er überzeugt, eines Tages wieder frei zu kommen. Außerdem verbat er mir, Kontakt zu ihm aufzunehmen. Wahrscheinlich befürchtete er, daß sich die Polizei um mich kümmern würde – was, wie er wohl meinte, das Schmuckversteck gefährdet hätte."

„Also haben Sie den Schmuck", stellte Locke fest.

„Ich hatte ihn."

Locke hob die Brauen. „Doch nicht etwa verloren?"

„Ich habe ihn bei der Versicherungsgesellschaft abgeliefert, bei der er versichert war. Ich riskierte das, weil ich glaubte, daß Oswald zeitlebens hinter Gittern bleibt."

„Bei welcher Versicherungsgesellschaft?" fragte Gunter.

„Bei der GHV, der Gerstadt-Herling-Versicherungs AG."

„Und wie lief das dort?"

„20 Prozent des Wertes waren auf die Wiederbeschaffung ausgesetzt. Also 200 000 D-Mark. Ich konnte das erst gar nicht glauben, als ich davon hörte. Ich traf mich dann mit einem der Versicherungsleute. Er versprach mir, die Polizei aus dem Spiel zu lassen und hinsichtlich meiner Person keine Nachforschungen anzustellen. Er hielt Wort. Ich lieferte den Schmuck ab und bekam das Geld. Erstaunlich, daß solche Firmen auf krumme Touren einsteigen."

„Da wäre Schlimmeres zu berichten", lächelte Gunter. „Besonders von der Gerstadt-Herling AG. Aber das gehört nicht hierher. Jedenfalls, Frau Glitter, sind Sie aus dem Schneider. Sie haben sich sozusagen reingewaschen, halbwegs. Daß jener Oswald der Bronstein-Räuber war, muß ich der Polizei allerdings melden. Oder weiß die es schon von der GHV?"

Margot Glitter verneinte. „Dem Versicherungsfritzen habe ich mit keiner Silbe verraten, wie ich an den Schmuck gekommen bin. Er hat auch, wie ich schon sagte, nicht gefragt. Wahrscheinlich war er froh, daß seine Firma nur 200 000 Miese macht, statt einer Million. Denn der Bronstein hat das Geld natürlich beansprucht."

Gunter runzelte die Stirn. „Daß der Schmuck wieder aufgetaucht ist, daran entsinne ich mich nicht. Aber das will nichts heißen. Wahrscheinlich hatten wir damals andere Schlagzeilen."

„Ich möchte noch ausführen", sagte Margot, „daß es mir nicht um das Geld ging. Jedenfalls nicht hauptsächlich! Vielmehr wollte ich mich innerlich befreien. Als ich Oswald nicht mehr um mich hatte, sah ich wieder klar. Ich begriff, in welche Sackgasse ich geraten war. Der Einfluß, den er auf mich genommen hatte, verging. Da habe ich mir also gesagt: Schluß mit dem, was gewesen ist. Naja, und bei der GHV ging alles glatt. Konnte ich also froh sein. Mit dem Geld baute ich mir eine Existenz auf. Ich glaube, ich sagte schon, daß ich sechs Boutiquen besitze – inzwischen. Was das Geschäftliche angeht, kann ich behaupten: Ich habe es geschafft. Jetzt will ich meinen Ruf wahren, will in nichts hineingezogen werden, will verhindert, daß mich die Vergangenheit einholt. Es wäre ein Skandal, wenn meine Verbindung zu Oswald ans Licht gezerrt wird. Deshalb bitte ich Sie um Hilfe. Er wird die Beute von mir fordern. Oder eine Million. Ich bin bereit, ihm 50 000 zu geben. Soviel kann ich aus dem Geschäft ziehen. Allerdings bezweifle ich, daß er damit zufrieden ist. Er war schon immer gewalttätig. Daß er sich hinter Gittern in Sanftmut verwandelt hat, macht mir keiner weis. Ich brauche also jemanden, der mich vor Oswald beschützt, der ihm gehörig eins auf die Nase gibt, wenn er den wilden Mann spielt. Übernehmen Sie den Auftrag?"

Sie sah Gunter an, dann Tom.

Locke erntete keinen flehenden Blick. Sie kam für das Austeilen von Nasenstübern nicht in Betracht.

Leider unmöglich! wollte Gunter gerade erklären. Denn das war nun wirklich keine Aufgabe für ihn oder die jungen Detektive.

Aber in diesem Moment schrillte das Telefon.

Er entschuldigte sich und stiefelte ins Arbeitszimmer.

4. Der gemeinsame Feind

Ein Raucherhusten prasselte durchs Telefon, als Gunter den Hörer abhob und sich meldete.

Das war Pit Mehrings Erkennungszeichen – jedenfalls das hörbare.

Gunter nahm den Hörer ans andere Ohr.

„Pit?"

„Entschuldige! Aber ich hätte beinahe eine Mücke verschluckt."

„Du meinst nicht Mücke, sondern die 49. Zigarette. Und das um diese Tageszeit. Schäm dich!"

„Du hast gut reden, du Urlauber! Aber ich sitze bis zum Hals in der Arbeit."

„Bitte, erwähne das Wort nicht. Oder weshalb rufst du an? Es wird doch wohl möglich sein, daß du unser Käseblatt auch ohne mich fertigkriegst!"

Pit lachte. Er war Chef vom Dienst beim TAGBLATT, seit vielen Jahren Gunters Kollege und Freund.

„Wie geht's denn so?" erkundigte er sich.

„Nachher hoffentlich besser. Im Augenblick spannen mich die beiden Nervensägen für ihre Machenschaften ein. Aber ich versalze ihnen die Suppe."

„Locke und Tom?" fragte Pit.

„Wer sonst! Mike ist ja schon ein bißchen gereifter."

Himmel, sag's! dachte Gunter. Sein feines Gespür für die Katastrophen begann soeben mit der Alarmglocke zu bimmeln. Wenn Pit sich Zeit ließ, war meistens Schlimmstes zu befürchten. Er hielt sich nämlich für enorm einfühlsam, wenn er scheinbar lässig um den Brei herumredete.

„Was ist tango (*was liegt an*), Pit?"

„Tja, eigentlich wollte dich Kommissar Loeben verständigen. Er rief hier an. Weil er meinte, du wärst in der Redaktion. Ich habe ihn dann überzeugt, daß es besser ist, wenn ich das übernehme – als dein alter Freund."

„Na, dann verständige mal."

„Wielange bist du jetzt von Madeleine geschieden?"

„Das ist schon so lange her, ist schon gar nicht mehr wahr. Warte mal, es sind . . ."

„Aber noch keine zwölf Jahre", fiel ihm Pit ins Wort.

„Nein, wieso?"

„Deshalb weiß der Kerl das noch nicht. Damit ist alles klar."

„Nichts ist klar!" Gunter wurde ungeduldig. „Was hat meine Ex-Frau mit Loeben zu tun. Der sitzt doch bei der Kripo im Referat Schwerverbrechen."

„Eben." Pit sprach durch einen Mundwinkel. Im andern klemmte sicherlich eine frische Zigarette.

„Auf Madeleine, Gunter, wurde vorhin ein Anschlag verübt. Ob Mordanschlag oder nur Körperverletzung – das ist noch nicht raus. Immerhin . . ."

„Um Gottes willen! Wie geht's ihr?" unterbrach Gunter.

„Der Frau? Gut! Der Hals ist ein bißchen gequetscht. Sie wurde gewürgt. Ansonsten hat sie's gut überstanden. Daß ihr Mann, der Blinde, gleich losbrüllte, hat den Täter vertrieben."

Gunter schob die Brauen zusammen. „Was? Ihr Mann, der Blinde? Das ist ja das Neueste. Seit wann ist Madeleine . . ."

„Doch nicht Madeleine! Die Frau heißt Inge Flachl. Es war eine Verwechselung. Das dürfte feststehen."

Zischend stieß Gunter den Atem über die Zähne. „Merkst du eigentlich, du Schmock (*verantwortungsloser Journalist*), wie du auf meinen Nerven rumtrampelst! Du redest von meiner geschiedenen Frau. Ich habe zwar keinen Kontakt mehr zu ihr, weiß aber immerhin, daß sie sich in Paris aufhält. Dann erklärst du, daß der Anschlag – die Würgerei – nicht ihr galt, sondern einer Inge Flachl, die mir völlig unbekannt ist. Hast zu gefeiert?"

„Nee, ich bin stinknüchtern. Ekliger Zustand. Also, Gunter, du hast doch mit Locke und Mike damals in der Blumenau-Straße gewohnt, in dem Jugendstilhaus – bevor ihr . . ."

„Ist mir alles bekannt. Du brauchst nicht meine Lebensgeschichte runterzubeten. Komm zur Sache!"

„Ein Verrückter, der Würger, ist dort auf diese Frau losgegangen, die er für Madeleine hielt. Jedenfalls schrie er: Jetzt bringe ich dich um, Madeleine Rehm! Oder so ähnlich . . ."

Pit berichtete in Einzelheiten.

Gunters Kopfhaut zog sich zusammen.

„Das zieht mir die Schuhe aus, Pit! Verdammt, das begreife ich nicht. Wir wohnen seit vier Jahren hier. Mein Namensschild, das Schmuckstück aus Messing, hängt zwar noch dort, aber wenn dieser Würger nicht völlig meschugge ist, müßte er geschnallt haben, daß es erstens eine Madeleine Rehm hier nicht mehr gibt und daß sich zweitens unsere Adresse inzwischen verändert hat."

„Jetzt hat er's geschnallt, Gunter. Er konnte leider entkommen."

„Wer, zum Geier! ist der Kerl? Was hat er gegen Madeleine?"

„Ich glaube, Gunter, er hat was gegen dich. Vielleicht auch gegen Locke und Mike."

„Wie kommst du darauf?"

„Er wurde erkannt. Diese Inge Flachl beschreibt ihn so: Mittelgroß, schlank, gut gekleidet, rotbrauner Lockenkopf, rötlicher Backenbart, wulstige Stirnhöcker wie bei einem Neandertaler (*vorgeschichtlicher Mensch*)."

„Also, aus meinem Tennisclub ist der nicht."

„Er rannte die Treppe runter, Gunter, floh – logischerweise. Als er im zweiten Stock an einer Wohnungstür vorbeiraste, spähte eine Frau raus. Sie wollte sich beschweren über das Getrampel. Aber dazu kam es nicht mehr. Staunend sah sie, wie sich besagter Typ im Vorbeirennen demaskierte (*die Maske abnehmen*). Er riß sich nämlich – ohne sie zu bemerken – die Perücke runter und den Bart ab. Sogar die aufgeklebten Stirnhöcker zupfte er weg. Was zum Vorschein kam, war ein ganz anderes Äußeres, nämlich ein hagerer Schädel mit Durchschnittsgesicht und farblosem Haar."

„Davon gibt's viele. Aber, Moment mal!, in meiner Erinnerungskiste klingelt was. Irgendeinen kannte ich doch mal, der sich ganz perfekt maskieren konnte und . . ." Er hielt inne. „O Mann! Pit, denkst du dasselbe wie ich?"

„Es war Pollner."

Gunter schwieg. Seine Gedanken wirbelten. Erinnerungsfetzen schwirrten an seinem inneren Auge vorbei.

„Als Kommissar Loeben hier anrief", sagte Pit, „ging mir ein Seifensieder auf. Die Maskerade des Täters, die Beschreibung der Zeugin, der Irrtum mit der Adresse – alles paßt zusammen. Und ich erinnere mich noch, als wäre es gestern gewesen, wie dieser Dreckskerl Verwünschungen gegen dich ausstieß, im Gerichtssaal. Daß er sich grausam an dir rächen werde – und so. Hat damals niemand ernst genommen, zumal ja mit seiner Rückkehr nicht mehr zu rechnen war. Das alles, Gunter, fiel mir ein. Ich sagte es Loeben. Der hat Pollners Foto aus der Kartei der Vorbestraften rausgesucht und der Zeugin aus dem zweiten Stock gezeigt. Sie hat ihn erkannt. Es besteht kein Zweifel. Er ist zwar zwölf Jahre älter geworden, aber immer noch derselbe. Und – halt dich fest! – heute morgen hat man ihn entlassen. Vonwegen Sicherheitsverwahrung, wie damals angedroht. Im Knast hat er seine Umgebung getäuscht, den guten Jungen gespielt. Er galt als geläutert. Jetzt wird nach ihm gefahndet. Aber er ist natürlich untergetaucht. Bin gespannt, wann sie ihn finden. Sein Verhalten sagt alles. Kaum ein paar Stunden auf freiem Fuß – und schon beginnt er seinen Rachefeldzug. Ziemlich blöd zwar fürs erste, aber immens brutal. Der wußte deine alte Adresse und ist gleich dort aufgekreuzt, hat also nicht mal ins Telefonbuch gesehen. Dein Namensschild hängt noch an der Tür. Das genügte ihm. Zu allem Unglück ist diese Inge Flachl so ein ähnlicher Typ wie Madeleine."

Heiser sagte Gunter· „Pollner hat damals gedroht, sich an meiner Familie zu rächen: an meiner Frau, meinen Kindern. Für Madeleine besteht keine Gefahr. Auch um Mike habe ich keine Angst. Er kann sich selbst schützen – jetzt, da er gewarnt ist. Aber mit Locke ist es anders. Keine Sekunde werde ich sie aus den Augen lassen – solange dieser Wahnsinnige frei rumläuft."

„Am besten, ihr fahrt gleich in den Urlaub."

„Das ist keine Lösung. Wenn Pollner uns beobachtet, kommt er uns nach. Hier können wir ihm vielleicht eine Falle stellen."

„Aber ihr wolltet doch weg."

„Erst in zwei Wochen. Vorher kann Helga die Praxis nicht schließen. Sie vertritt mehrere Kollegen, die zur Zeit Ferien machen. Danach ist sie dran."

„Hm. Wenn du Hilfe brauchst – ein Anruf, und die gesamte Redaktion bewacht Locke und dich rund um die Uhr."

„Ich weiß. Danke! Grüß die andern. Aber häng's nicht an die große Glocke. Mit diesem Dreckskerl werde ich fertig. Bis später, Pit."

Er legte auf, blickte durchs Fenster in den Garten und schüttelte verwundert den Kopf.

... Oswald ... Oswald ... nach zwölfjähriger Haft heute entlassen ... die Sicherheitsverwahrung umgangen ... verurteilt wegen so häßlicher Dinge, daß Margot Glitter nicht mehr daran rühren will ...

Wenn das zutrifft, dachte Gunter, hat der Teufel seine Hand im Spiel. Nein, es wäre einfach unglaublich!

Aber er wußte aus jahrzehntelanger Erfahrung als Journalist, daß die irrsinnigsten Verkettungen und seltsamsten Zufälle zum Alltag gehören. Täglich und überall rollen Ereignisse ab – wie sie die kühnste Phantasie nicht erfinden könnte.

Er ging in den Wohnraum zurück.

Während seiner Abwesenheit war Locke auf ein unverfängliches Thema ausgewichen. Sie unterhielt sich mit Margot Glitter über Mode.

Tom hatte seine Ohren auf Durchzug gestellt und die Pupillen auf Entspannung gedreht. Jetzt richtete er sich steil auf und sah Gunter erwartungsvoll an.

Immerhin schwebte die entscheidende Frage noch im Raum. Und die Antwort war überfällig.

Nahm Firma Rehm-Conradi, die große Detektei, den Auftrag an? Wurde dieser netten Dame, die nun schon so lange auf dem Pfad der Tugend wandelte, Schutz gewährt? Ja oder nein?

Gunter ging zu seinem Sessel und nahm Platz.

In die Stille sagte er: „Ich will Ihnen reinen Wein einschenken, Frau Glitter. Zu der sogenannten Detektei gehöre ich nur als – hm – Repräsentant. Als Ihr Leibwächter käme ich also nicht in Frage. Nina und Tom trauen sich zwar alles zu und sind auch – zugegebenermaßen – überaus clever (*gerissen*). Dennoch – was Sie erwarten, wäre keine Aufgabe für die beiden. Sie sind immerhin noch minderjährig."

Locke glaubte, sie höre nicht richtig.

Was war los mit ihrem geliebten Papi? Welche Laus joggte auf seiner Leber herum, daß er die schön eingefädelte Klienten-Kiste so schmählich kaputt machte?

Auch Tom riß die Augen auf.

„Trotzdem", fuhr Gunter fort, „bin ich bereit, mich voll zu engagieren in Ihrer Angelegenheit, Frau Glitter: also Ihren Leibwächter zu spielen und für Ihren Schutz zu sorgen – falls eine Voraussetzung, eine einzige, gegeben ist. Ihr beiden", wandte er sich an die Youngsters (*jungen Sportler*), „wärt dann natürlich dabei. Schon deshalb, weil ich euch – vor allem dich, Locke – ständig beaufsichtigen muß. Eben hat sich nämlich etwas ergeben, das unsere Familie in schicksalhafter Weise berührt.

Nanu? dachte Locke. Das klingt ja wie: Kommando zurück! In entgegengesetzter Richtung geht's weiter. Eine einzige Voraussetzung? Keinen blassen Dunst, was das sein soll. Hoffentlich, Papi, hast du den richtigen Himbeerpudding in der Pfanne!

„Ach?" sagte Margot Glitter, die überhaupt nichts verstand. Sie fand Gunter ganz toll. Wahnsinnig gern hätte sie ihn und den gesamten Anhang beauftragt. Aber ihrer Hoffnung ging allmählich die Luft aus.

„Ich schicke die Erklärung voran", sagte Gunter. „Sie ist vor allem für euch wichtig." Das galt Locke und Tom. „Vor zwölf Jahren gab es einen widerwärtigen Verbrecher hier in der Stadt, einen Sittenstrolch, einen Unhold, dem viele Mädchen und Frauen zum Opfer fielen. Er tauchte in immer neuen Verkleidungen auf, was ihm glänzend gelang. Denn er war Maskenbildner von Beruf und arbeitete beim Theater. Moment, Frau Glitter! Bitte, jetzt nicht unterbrechen."

Er sah den Ausdruck auf ihrem Gesicht. Damit war für ihn alles klar, nämlich die Voraussetzung erfüllt.

„Eines Nachts kam ich hinzu", setzte er seine Erklärung fort, „als dieser Unhold ein Verbrechen verübte. Ich hielt ihn fest, was für ihn nicht ohne Schrammen abging, bis die Polizei eintraf. Angefleht hat er mich, ich möge ihn doch laufenlassen, er wäre krank – und so. Gewinselt, gewimmert hat er, weil er gegen mich nicht ankam. Als er dann verurteilt wurde, zeigte er sein anderes Gesicht. Im Gerichtssaal hat er mir geschworen, daß er sich rächen werde – später, nach seiner Entlassung. Er erhielt zwölf Jahre Haft. Anschließend sollte er für den Rest seiner Lebenszeit in Sicherheitsverwahrung eingewiesen werden. Das ist nicht geschehen. Er wurde vielmehr heute morgen entlassen und hat bereits den ersten Anschlag gegen uns verübt. Vorhin! Dabei unterlief ihm ein Irrtum. Er rannte blindwütig zu unserer alten Adresse. Dort hat er eine Frau fast erwürgt, die er für Madeleine, für deine Mutter hielt, Locke. Daß ich schon lange von Madeleine geschieden bin, hat er offenbar im Knast nicht erfahren. Er wurde erkannt. Aber er konnte entkommen. Jetzt

Eines Nachts
kam ich hinein

versteckt er sich irgendwo. Er wird wieder zuschlagen. Diesmal an der richtigen Stelle, nämlich hier. Sein Haß richtet sich gegen mich. Aber um mich zu treffen, hat er es auf die mir liebsten Menschen abgesehen. Auf Mike und auf dich, Locke. Was ihn dabei so gefährlich macht, ist seine Verwandlungskunst. Schon damals nannte man ihn den Mann mit den tausend Gesichtern."

Sekundenlang herrschte Stille.

Locke machte riesengroße Augen und fand nicht sofort Worte.

Toms Zähne knirschten. Und wenn dieser Strolch eine Million Gesichter hat, dachte er. Sobald er sich an Locke ranwagt, mache ich Konfetti aus ihm.

„Papi, von diesem Fall wußte ich ja gar nichts."

„Du warst damals so groß." Gunter streckte die Hand aus und deutete einen Dreikäsehoch an.

Margot Glitter sagte: „Ich weiß jetzt, daß Sie mir helfen werden, Herr Rehm. Wir haben einen gemeinsamen Feind. Es ist derselbe – ja, derselbe Verbrecher. Bei seiner Gerichtsverhandlung war ich nicht dabei. Sonst hätte ich Sie vielleicht erkannt. Sie also haben ihn damals überwältigt."

„Ohne zu ahnen", nickte Gunter, „was zwölf Jahre später daraus entsteht."

„Fumi-Komi und Yama-Tsuki (*Karate-Techniken*)!" rief Tom. „Das ist ja die irrste Kiste seit Jack, the Ripper (*engl. Frauenmörder*)! Ihnen, Frau Glitter, will der Typ an den Geldbeutel. Und an den Rehms will er sich rächen. Also vereinigte Interessen, um den Kerl in den Knast zu fegen. Das war die Voraussetzung, Gunter, nicht wahr? Aber wie heißt denn dieser Psycho-Freak (*Seelen-Ungeheuer*) nun?"

„Oswald Pollner", antwortete Margot.

Gunter nickte.

Mike kam herein. Er war etwas blaß um die Nase. „Ihr habt so laut geredet", murmelte er, „daß ich gar nicht weghören konnte. Himmel, was machen wir denn jetzt?"

„Du besorgst dir eine Tränengaspistole", erwidert Gunter, „und bist schußbereit, sobald es hier klingelt. Laß dich nicht täuschen, falls ein Greis vor der Tür steht – oder ein Hutzelweib. Denn wie gesagt: Pollner hat tausend Gesichter. Andererseits glaube ich nicht, daß er den nächsten Anschlag auf die gleiche Weise abzieht. Wir sind gewarnt. Damit muß er rechnen. Hat er doch bei dem Überfall laut und vernehmlich geschrien, daß er Madeleine Rehm jetzt umbringen werde."

„Und ihr?" fragte Mike.

„Wir stellen ihm eine Falle", sagte Locke. „Und die Polizei wird uns dankbar sein, weil wir ihr die Arbeit abnehmen."

5. Der Käufer der Beute

An diesem Nachmittag, als die Sonne im Stadtpark den Rasen verbrannte, saß Joe Braddy im Büro seines Nachtklubs und zählte Geld.

Der Nachtklub hieß RED ROSE und war der Polizei noch nicht aufgefallen. Leider noch nicht!

Braddy war mittelgroß, fett, hatte Schrankschultern und gelbliche Haut. Obwohl er Rasierwasser reichlich benutzte, roch er immer wie ungewaschen. Seit einem bösen Autounfall trug er ein Glasauge, links. Böse Zungen behaupteten, daß es sanfter und gütiger wirke als das gesunde.

Thorsten Kleef kam herein, ein knochiger Typ mit brandrotem Stoppelschnitt.

„Er ist da, Chef."

„Wer?"

„Na, der . . .", er suchte nach Worten, „. . . der Käufer."

„Der Belgier?"

„Ja, der."

Braddy nahm den Zahnstocher aus dem Mund.

„Raimond Duval! Sie einer an! Der ist scharf auf die Klunkern. Ich hatte ihn erst nächste Woche erwartet."

„Aber jetzt ist er draußen!"

„Schick ihn rein!" befahl Braddy – und dachte: Mensch, Kleef, behämmert wie du müßte man sein. Dann wäre alles viel einfacher. Oder auch nicht.

Der Schreibtisch war von Geldscheinen bedeckt.

Braddy liebte das.

Geld – das war seine Weltanschauung, sein Lebenszweck, seine Leidenschaft.

Ob es den Belgier beeindruckte, was er hier ausgebreitet hatte? Nein, sicherlich nicht! Wer 600 000 Knete für heiße Ware springen läßt, der macht keine Kniebeuge, wenn hier die Platte mit Blauen tapeziert ist.

Ärgerlich wischte er das Geld in die Schublade.

Kleef führte Duval herein.

Braddy grinste breit und stemmte sich aus dem Sessel hoch.

„Freut mich, Duval."

Sie schüttelten sich die Hände.

Duval war Anfang der Fünfzig und sah aus wie ein Bankier. Er hatte eisengraues Haar und graue Lippen. Seinen Haifischaugen entging nichts. Er trug eine Brille.

Während er Platz nahm, befingerte er die Brillantnadel in seiner Krawatte.

„Guten Flug gehabt?"

Braddy versuchte ein Gespräch einzuleiten, gab es aber gleich wieder auf und kam zur Sache.

„Wie geht es unserem gemeinsamen Freund Henri van Dreeden? Als Hehler ist er immer noch einsame Klasse, wie? Trotz seiner 72 Jahre. So alt muß er jetzt sein."

„Er ist 76", sagte Duval.

„Den Schmuck", sagte Braddy, „kann ich hier in der Stadt nicht gut absetzen. Das fiele auf, obwohl die Sache lange her ist. Bin dem alten Henri dankbar, daß er uns zusammengebracht hat. Sie haben einen Käufer?"

Duval hob die Achseln. „Vielleicht."

Du Fuzzi! dachte Braddy. Spiel hier nicht den Geheimnisvollen! Wenn ich wissen will, wer dein Käufer ist, erfahre ich's ja doch.

Lächelnd sagte er: „Der Blaue Marinak und die Gerushuny-Kette sind mindestens 1,2 Millionen wert. Aber soviel Kohle verlange ich nicht. Nur 600 000." Er schlug die Hände zusammen. „Mann, da machen Sie einen Schnitt! Das nenne ich Verdienst."

„Zunächst mal verdienen Sie, Braddy. Nämlich 600 000!"

„Verdienen? Haben Sie eine Ahnung, was ich aufwenden muß, bis ich die Klunkern endlich kriege."

„Was denn! Ich denke, der Schmuck ist in Ihrem Besitz."

„Natürlich! Das heißt, ich habe ihn nicht hier. Ein paar

Tage dauert es noch, bis der Kurier ihn bringt. Wir waren ja auch für nächste Woche verabredet."

„Bis dahin gedulde ich mich gern", meinte Duval. „Ich sehe mir in Ruhe die Stadt an. Es gibt viele Museen hier, viele Kunstdenkmäler."

„Kann schon sein. Und was die Abende betrifft, vor allem die Nächte – da habe ich einen heißen Tip für Sie. Das Red Rose-Nachtlokal soll ein ganz toller Laden sein."

Sein Gelächter füllte den Raum wie schlechte Luft.

Duval lächelte pflichtschuldig.

Dann wurde Braddy unvermittelt ernst. „Haben Sie die 600 000 schon hier?"

Duval nickte. „Die Transferierung (*Geld überweisen*) war gar nicht so einfach. Schließlich soll mir keiner auf die Schliche kommen. Schon gar nicht das Finanzamt. Aber man kennt ja die Tricks. Jetzt liegt es hier auf einer Privatbank."

„Wo erreiche ich Sie, wenn es soweit ist?"

„Ich wohne im Hotel Hofgarten."

„Sie hören von mir."

Braddy rief nach Kleef. Der brachte den Belgier hinaus.

Währenddessen kramte Braddy das Geld aus der Schublade.

Nach einer Weile kam Kleef zurück. Er kaute am Daumennagel und blieb vor dem Schreibtisch stehen.

„Deine Nerven möchte ich haben, Chef."

„Was meinst du?"

„Verkaufst was, das du noch gar nicht hast. Und wenn's schiefläuft? Wenn wir die Klunkern nicht kriegen? Wenn sich diese Margot Glitter auf die Hinterfüße stellt?"

„Die? Das ist nur eine Frau. Bestimmt eine mit niedriger Schmerzschwelle. Ich glaube, daß sie wegen Halsstarrigkeit ein oder zwei Finger einbüßen will. Gelackmeiert sind wir nur, wenn sie den Schmuck nicht mehr hat."

„Was immerhin sein könnte. Es ist zwölf Jahre her. Ein Jammer, daß wir nicht eher davon erfahren haben."

„Daß Pollner den Schmuck besitzt", erwiderte Braddy, „hat uns Bonsel, der Klumpfuß, schon vor zwei Jahren verzinkt – mit dem Kassiber. Geholfen hat das nichts. Was konnten wir unternehmen? Abwarten mußten wir. Bis Pollner endlich rauskommt aus dem Knast. Ich hatte gedacht, daß die Klunkern irgendwo versteckt sind. Sie der Frau zu überlassen, ist ziemlich beknackt. Aber damals wird er schon gewußt haben, was er tat. Übrigens – wie geht's ihm?"

„Er fühlt sich beschissen."

„Wieso?"

„Er hat 'nen Flop (*Mißerfolg*) gebaut. Ich könnte mich kringeln." Kleef grinste hämisch. „Vorhin kam's in den Rundfunk-Nachrichten. Gefahndet wird nach dem heute entlassenen ehemaligen Häftling Oswald Pollner. Weil der eine Frau überfallen und fast erwürgt hat, aber . . . hahahah . . . eine gewisse Inge Flaxel oder Flaschel, jedenfalls nicht die, auf die er's abgesehen hatte. Ihm ist die falsche unter die Würgefinger geraten, dem müden Typ. Das ätzt ihn. Immerhin ist er so voller Wut, daß sie ihm zu den Ohren 'rausquillt. Der gibt nicht auf, Chef. Der will diese Rehms kurz und klein machen. Daß die Bullen ihn nun suchen, das macht ihn nicht an. Er hat sich Schminke und Farbe, Perücken und Bärte besorgt. Der hat soviele Verwandlungen drauf – zum Schluß kennt der sich selbst nicht mehr."

Braddys Auge funkelte. „Wo habt ihr ihn versteckt?"

„In dem Häuschen draußen im Vorort. Da ist er sicher, ungestört und zufrieden. Was den Schmuck betrifft, überläßt er uns die Aktionen. Wenn er die 120 000 kriegt, ist er zufrieden. Er will jetzt nur abwarten, die Rehms belauern und im richtigen Moment zuschlagen. Er läßt sich Zeit. So eine überstürzte Kiste wie vorhin soll nicht wieder vorkommen. Ehrlich, der brütet nur über seinen Racheplänen. Ich glaube, der hat einen Hau in der Glocke (*total bescheuert*), daß sich unsereins wie Professor Einstein vorkommt."

„Wer ist das?"

„Weiß ich nicht genau. Aber ein ganz Schlauer, glaube ich. Jedenfalls hatte der keinen Hau in der Glocke."

Braddy lutschte an seiner fleischigen Lippe und überlegte. Daß Pollner polizeilich gesucht wurde, paßte ihm nicht. Das besagte Häuschen im Vorort gehörte ihm, Braddy, und es wäre überaus peinlich gewesen, wenn der Typ dort aufgegriffen würde. Aber die Wahrscheinlichkeit war äußerst gering. 10 000 zu eins hätte er gewettet, daß Pollner sich dort bis ans Ende seiner Tage verstecken könnte.

„Aus dem Schmuckgeschäft", sagte Braddy, „halten wir ihn raus. Das ist unsere Sache und geht ihn nichts mehr an. Allerdings", er grinste, „werden wir ihn zu der Glitter schikken."

„Ihn?" fragte Kleef verblüfft.

„Nicht ihn persönlich. Aber die Glitter wird glauben, Pollner sei da."

„Verstehe ich nicht."

„Ich denke an Ferdinand Richard."

„Den abgetakelten Schauspieler?"

Braddy nickte. „Er sieht Pollner ähnlich. Stimmt's, oder habe ich recht?"

„Ja, tatsächlich. Jetzt, wo du's sagst. Könnten Brüder sein, die beiden."

„Und Pollner ist ein Meister der Maske. Also wird er aus Ferdinand sein Double (*Doppelgänger*) machen."

Kleef griente. „Gute Ideen. Hoffentlich hat sie den Schmuck noch. Ich würde mich vor Wut in die . . wie sagt man? . . Gesäßbacke beißen, wenn dieser schimmlige Duval mit der Knete wieder abzieht. Mit 600 000! Mit 120 000 für jeden von uns. Leichtverdientes Geld wäre das! Einen Fingerschipp müßten wir dafür tun, dem Weib höchstens zwei Finger zerquetschen."

Braddy lächelte milde. „Duvals Geld entgeht uns nicht. Ich überlege gerade, ob es nicht besser wäre, den Schmuck zu behalten und den Belgier trotzdem zu schröpfen."

„Du meinst . . ."

„Warum denn nicht? Er ist allein hier, kennt niemanden. Wie will er sich helfen? Wer kümmert sich darum, wenn er verschwindet?"

„Und Henri van Dreeden?"

„Der ist alt und will seine Ruhe haben. Selbst wenn er ahnt, daß wir Duval abgreifen (*bestehlen*), wird er den Mund halten."

Kleef beknabberte jetzt auch den anderen Daumen. „Aber Duvals Geld liegt auf der Bank!"

„Na und? Wir sacken ihn ein. Dann überlasse ich ihn euch. Nach einer halben Stunde unterschreibt der jeden Scheck. Jede Auszahlungsanweisung. Oder?" Braddy lehnte sich zurück. „Aber das ist noch nicht spruchreif. Mal sehen, wie ich gelaunt bin."

Kleef nickte. „Wie ich dich kenne, Chef, wirst du im richti-

Hä, Hä, Hä

gen Moment bestimt die richtige Laune haben. Launig bist du ja immer, wenn's um unser Thema geht, um Heu, Schotter, Pinke, Kies, Moos, Asche, Flocken (*Geld*)."

★

Alle Gesichter glänzten. Margot Glitter war zufrieden. Tom hätte am liebsten in die Hände gespuckt.

Locke begeisterte sich, ohne eine Miene zu verziehen, lief doch jetzt alles wie gewünscht, und ihr geliebter Papi macht die Klienten-Kiste überhaupt nicht kaputt. Im Gegenteil, er hatte gewußt, was er sagte, und die Sache angeheizt. Jetzt hatten sie den Auftrag in der Tasche. Daß sie, Locke, von einem haßerfüllten, pickelharten Würgertrollo bedroht war – darauf vergeudete sie keinen klitzekleinen Gedanken.

Gunter als einziger hielt sich bei der allgemeinen Begeisterung zurück. Daß er einstieg und auf Leibwächter abfuhr, geschah notgedrungen – nicht freiwillig.

Locke sagte: „Die Falle stellen wir ihm natürlich bei Ihnen, Frau Glitter. Denn zu Ihnen wird er kommen, um die Kostbarkeiten abzuholen. Wo wohnen Sie?"

Margot strich sich ein Kringellöckchen aus der Stirn. „Ob er meine neue Adresse schon weiß? Damals wohnte ich im Osten, im Fabrikviertel, ganz mies, bei den Kakerlaken. Jetzt habe ich eine Etagen-Wohnung in der West-Straße. 160 Quadratmeter, sechs Räume. Sie – ihr alle – könntet bei mir einziehen, und wir würden uns trotzdem nicht auf die Füße treten. Überhaupt! Ich meine, Herr Rehm: Jemand – Sie eigentlich – müßte immer in meiner Nähe sein. Bis Pollner auftaucht. Wenn Sie ihn dann überwältigt haben, abermals, und er in Polizeigewahrsam ist, atme ich auf."

„Sie hießen auch damals Glitter?" fragte Gunter.

Sie nickte. „Ich bin immer noch ledig. Nicht mal verlobt. Während der letzten zehn Jahre habe ich auch mein Privatleben ins Geschäft gesteckt. Und jetzt bin ich soweit, daß ich in jedem, der mir Blumen schickt, einen Heiratsschwindler wittere. Ich kann nicht mehr unterscheiden: Will er mich oder mein Geld?"

Darauf erwiderte Gunter nichts. Er übersah auch den Blick aus ihren blaugeschminkten Augen. Trotzdem hätte er es sehr begrüßt, wäre Helga jetzt aufgekreuzt. Aber sie, die nordische Schönheit, war in ihrer Tierarzt-Praxis, impfte Hunde gegen Tollwut und Katzen gegen Mäusesucht, operierte Meerschweinchen und verriet Tricks, wie man sprechenden Papageien die richtige Grammatik beibringt.

„Gut", sagte Gunter. „Sie sind ab sofort unsere Klientin, Frau Glitter. Das Geschäftliche können Sie später mit meiner Tochter regeln. Jetzt sollten wir so vorgehen: Sie fahren heim. Wir folgen Ihnen dichtauf, werden aber bemüht sein, nicht aufzufallen. Wir treffen uns in Ihrer Wohnung. Wo, genau?"

„Nummer 101. Das ist ein ziemlich luxuriöses Wohnhaus. Ich bin im siebten Stock zu finden. Mit Parkblick." Sie lächelte.

Von mir aus mit Mondblick, dachte Gunter.

Er sagte: „Wir werden einige Minuten nach Ihnen eintreffen. Solange schließen Sie sich ein. Ach so. Müssen Sie sich um Ihre Boutiquen kümmern?"

„Das läuft auch ohne mich."

„Schön." Er stand auf. „Locke, vielleicht bietest du jetzt doch einen Espresso an. Ich muß noch rasch telefonieren, bevor wir aufbrechen."

„Espresso?" fragte Locke – mit einer Stimme, als zerreiße Seidenpapier. „Na, gut – wenn Sie unbedingt einen von meinen ungenießbaren Giftbechern leeren wollen, Frau Glitter, werde ich widerwillig und ungeschickt . . . Ich bin nämlich als Hausmütterchen nicht ganz so perfekt, wie mein lieber Papi behauptet."

Margot lachte. „Dann gleichen wir uns. Ich kann keinen Knopf annähen und niemanden bewirten."

„Jetzt sind Sie mir noch sympathischer", sagte Locke.

„Aber verklaren Sie das mal diesen Macho-Typen (*Männlichkeits-Fanatikern*) wie dem Rehm und dem Conradi. Die denken, eine Frau muß kochen und nähen und . . . überhaupt all den Scheiß machen, für den die sich zu gut sind."

Tom und Gunter standen da – mit Augen wie Untertassen und Ohren wie Salatblättern.

Margot wollte sich ausschütten vor Lachen.

„Nina, oder vielmehr Locke – wie alt sind Sie?"

„Fast 15."

„Dann bin ich die ältere", stellte sie fest, ohne lange rechnen zu müssen, „und kann das Du anbieten. Für dich bin ich Margot. Einverstanden, Locke?"

„Aber immer, Margot."

Sie tauschten einen Händedruck, der zwar nicht so kraftvoll war wie unter Männer, aber die gleiche Bedeutung hatte.

„Und wir?" fragte Tom.

„Ihr müßt euch erst noch bewähren", stieß Locke ihm Bescheid. „Vielleicht, aber nur vielleicht nehmen wir euch dann auf – als Ehrenmitglieder in unserem Weiberbund."

„Komm." Gunter grinste, als er Tom am Arm in die Diele zog. „Da wir nicht gefragt sind, kümmern wir uns um das, was Sache ist."

„Aha!" Tom schloß die Tür hinter sich. „Und das wäre?"

„Daß Margot Glitter eine charmante Person ist, macht aus mir noch keinen Esel, Tom."

„Wie meinst du das?" Er begriff. „Das hieße ja, Locke ist ein Esel."

„Nein! Ich muß dir nicht erklären, wie gewitzt sie ist, wie stark ihre Intelligenz. Nein, Tom. Locke ist lediglich unerfahren. So unerfahren wie du. Aber das verliert sich."

Er schob Tom ins Arbeitszimmer, griff zum Telefon und rief Pit Mehring an.

„Hallo", sagte Pit. „Was läuft? Brauchst du Hilfe? Wir hokken in den Startlöchern."

„Da bleibt ihr zunächst mal. Aber du kannst mir einen Gefallen erweisen. Ich könnte es auch selber machen. Aber im Moment fehlt mir die Zeit. Es geht um eine gewisse Margot Glitter. Sie hat vor zwölf Jahren . . ."

Er servierte seinem Freund Einzelheiten, freilich nur das, was zur Sache gehörte.

Pit staunte mehrmals, pfiff durch die Zähne und schaltete auch seinen Raucherhusten ein.

„Sei so gut", schloß Gunter, „und erkundige dich – streng dienstlich, natürlich – bei der Versicherung, der GHV, ob die Glitter den Schmuck damals auch tatsächlich abgeliefert hat, Pit!"

„Aha! Verstehe! Wird gemacht. Erledige ich sofort. Ich rufe dann an."

„Ich bin nicht da. Sag's Mike. Der verständigt mich. Bis später, Pit."

Gunter legte auf und sah Tom an.

Der stieß einen lautlosen Pfiff aus, immerhin scharfe Luft. „Du traust ihr nicht?"

„Als Journalist bin ich's gewöhnt, alles zu überprüfen. Manchmal sieht dann die Wahrheit ganz anders aus. Man denkt, es ist eine Sternstunde, und sitzt einer Lüge auf, oder einer Fälschung. Egal, ob es sich um Sensationsmeldungen, Tagebücher oder Entlarvungen von Spionen handelt."

„Auf mich wirkt sie glaubwürdig", urteilte Tom.

Sie gingen zu den Damen zurück. Die Zeit war reif zum Aufbruch. Locke holte ihren Strohhut.

Tom schob seinen Hirsch, der zur Zeit nicht benötigt wurde, in die Rehmsche Garage und stellte ihn neben Mikes schwere Maschine, wo der Motorroller ein bißchen fipsig wirkte – sozusagen wie der Zwerg neben dem Goliath.

Mike würde das Haus hüten. Soweit war alles klar.

Margot stieg in ihren Porsche und fuhr voran.

Gunters Saab folgte ihr, besetzt mit zwei jungen Detektiven und einem Plattfuß wider Willen und mittleren Alters.

6. Hat Margot gelogen?

West-Straße Nr. 101 war ein schickes Apartmenthaus und ragte achtstöckig in den Hochsommerhimmel.

Gunter parkte dicht vor dem Eingang.

Locke spähte umher. Drüben im Stadtpark war Hochbetrieb. Sie stieg aus und lief durch den Eingang voran.

Es gab eine Halle. In Marmorkübeln nisteten Blumen. Die Luft war angenehm kühl. Das lag an dem Springbrunnen. Er schoß Fontänen in die Höhe, und Locke tauchte eine Hand ins Wasser.

Als Tom kam, bespritzte sie ihn.

„Und sowas ist Chefin einer aufstrebenden Detektei", sagte er zu Gunter. „Ich finde, ihr fehlt's ganz erheblich an Würde."

„Wir sind eine Detektei, kein Begräbnisinstitut", schoß sie zurück. „Bei uns geht es frisch zu. Und eben wollte ich dich erfrischen. Ich tu nämlich was für meine Mitarbeiter. Du siehst so abgeschnallt aus."

„Verleumdung! Ich bin topfit und ganz scharf auf Krawall."

Gunter seufzte und schob die beiden in den Lift.

Sie fuhren zur siebten Etage hoch.

Margot stand in der Wohnungstür – mit kalkweißem Gesicht.

„Er . . . er . . . eben hat er angerufen", stammelte sie.

„Pollner?" fragte Gunter.

Sie nickte. „Ich war gerade zur Tür rein, als das Telefon klingelte. Er sagte: Hallo, Schätzchen! Rat mal, wer hier ist. Rätst du nie. Ich bin's. Dein Oswald. Du freust dich bestimmt. Stell den Champagner kalt. In zehn Minuten bin ich bei dir. Ich konnte nur rumstottern. Ich sagte, ich würde ihn erwarten. Er lachte und legte auf."

„Wenn ich das richtig sehe", sagte Tom, „geht die Angelegenheit ihrem Ende entgegen. Er kommt. Wir schnappen ihn. Gefesselt wird er der Polizei übergeben. Die Augenzeugin aus dem Jugendstilhaus eurer alten Adresse erkennt ihn wieder als den Würgetäter, und schon sind dem Sittenstrolch die nächsten Knastjahre sicher."

„Das war dann ein kurzer Ausflug in die Freiheit", lachte Locke. „Sozusagen nur Hafturlauf. Aber den hat er, wie nur allzuviele Hafturlauber, sofort mißbraucht. Jetzt kriegt er wirklich Sicherheitsverwahrung, nicht wahr? Schließlich hat die Allgemeinheit das Recht auf Schutz vor Typen wie dem!"

Sie hängte ihren Strohhut an die Garderobe.

„Margot, zeig mir die Wohnung!"

„Jetzt?"

„Warum nicht? Wir haben noch mindestens neun Minuten Zeit. Wenn's dann Krawall gibt, schließen wir uns in der Küche ein. Für Krawall ist Tom Spezialist. Aber er fängt nie an. Das muß ich anmerken zu seiner Ehre. Er ärgert nur die andern so lange, bis sie zuerst zuschlagen. Dann macht er sie zur Schnecke."

„Diese Schmarotzerpflanze hat was gegen mich", schimpfte Tom. „Dauernd wird mir die Ehre abgeschnitten. Sie ist ohnehin schon so kurz."

„Nun kriegt euch mal wieder", lächelte Gunter. „Noch haben wir Pollner nicht zur Strecke gebracht."

Er trat zum Fenster und sah zur Straße hinunter.

Sie badete im Sonnenlicht. Über dem Stadtpark waberte die Luft.

Die West-Straße gehörte zu den verkehrsberuhigten Bezirken. Man durfte nur langsam fahren, noch besser überhaupt nicht.

Eben rollte ein – amerikanisch aussehender – Straßenkreuzer in die Parklücke hinter Gunters Saab. Um welches Fabrikat es sich handelte, ließ sich aus der Vogelschau nicht ausmachen.

Ein Mann stieg aus, kam um den Wagen herum und zum Hauseingang.

Gunter sah auf die Armbanduhr. Wieviele Minuten waren vergangen? War das wörtlich zu nehmen – mit der Zehn-Minuten-Ankündigung? Von wo hatte Pollner angerufen?

Tom machte eine Runde durch den eleganten Wohnraum und begutachtete die Graphiken (*Zeichenkunst*), die an den Wänden hingen: modern gerahmt und hinter Glas.

Locke und Margot waren irgendwo nebenan. Man hörte ihre Stimmen. Es klang, als stünden sie vor einem Fünf-Meter-Kleiderschrank mit prachtvollem Inhalt.

„Irgendwie komisch", dachte Gunter laut, „daß er sich mir-nichts-dir-nichts hierher wagt."

„Wieso? Was kochen deine Gehirnzellen aus?"

Tom bewunderte eine Graphik, die ein denkendes Gehirn darstellte. Es hatte oben Blasen.

„Andererseits", setzte Gunter seine Überlegung fort, „weiß er nicht, daß seine Verbindung zu Margot Glitter bekannt ist. Er kann also nicht ahnen, daß wir ihn erwarten. Es sei denn, er hätte unser Haus, die richtige Adresse, beobachtet. Aber das hat er nicht. Ich glaube, er wäre uns aufgefallen. Also fühlt er sich sicher, wenn er hierher kommt."

Tom wollte dem beipflichten, wurde aber abgelenkt.

Die Türglocke bimmelte.

Locke und Margot stürzten aus dem Schlafzimmer, als breche dort Feuer aus.

„Das . . . ist er!" hauchte Margot. „Ich spüre es."

„Dann werde ich ihn mal reinlassen", sagte Gunter. „Wird eine Überraschung für ihn sein. Ich seh zwar nicht mehr so unschuldig aus wie vor zwölf Jahren – aber mit dem Fahndungsfoto von damals würde man mich auch heute noch erwischen."

Locke stellte sich neben Margot. Als Detektei-Chefin war immerhin ein Mindestmaß an Mut zu beweisen. Sich in der Küche einzuschließen – Ph! Das kam nicht in die Tüte.

Margot war blaß, preßte die Hände aneinander und lispelte stumm.

Erst mit dem zweiten Blick erkannte Locke, daß es kein Lispeln war, sondern ein Zittern der Lippen.

Tom grätschte die Beine und strich über seine hornhautüberzogenen Karate-Knöchel.

Die Tür zur Diele stand offen. Dort brannte Licht, weil alle Wände ringsum fensterlos waren und die Helligkeit aus dem Wohnraum nur knapp gereicht hätte.

Als Gunter zur Klinke griff, läutete es zum zweiten Mal: anhaltend, ungeduldig, unverschämt. Gleich würde Pollner die Tür eintreten.

Gunter öffnete.

Sie standen sich gegenüber. Eine Armlänge trennte sie.

Gunter sah in ein knochiges Gesicht mit tiefliegenden Augen. Es hatte scharfe Furchen und wirkte irgendwie unecht. Wie geschminkt.

War Pollner geschrumpft? Vor zwölf Jahren hatte er ungefähr Gunters Größe gehabt. Jetzt reichte er ihm nur bis zur Nasenwurzel.

„Hallo, Pollner", sagte Gunter. „Na, dann kommen Sie mal rein!"

Er trat zur Seite.

Der Mann grinste unsicher und ging an ihm vorbei. Er trug einen blauen Sommeranzug und bewegte sich leichtfüßig.

Im Wohnraum weiteten sich seine Augen.

„Nanu? Hast du die halbe Verwandtschaft versammelt, Margot? Was ist? Keinen Begrüßungskuß – nach so vielen Jahren?"

Margot rührte sich nicht. Unentwegt starrte sie ihn an. Ihr Mund zitterte stärker.

Angeekelt musterte Locke den Typ. Sittenstrolch, Schmuckräuber, Hälftling, Würger . . . alles in einem, und so sah er aus. In gewisser Weise war sie enttäuscht. Sie hatte sich zwar kein feuerspeiendes Monster vorgestellt, immerhin aber einen kraftvollen Kerl. Der hier sah nach nichts aus. Nach weniger als nichts.

Tom entspannte sich. Den würde er mit dem kleinen Finger unter den Teppich fegen. Also nur keine Aufregung!

„Was wollen Sie, Pollner?“ fragte Gunter durch die Zähne.

Der Kerl sah Margot an, trat etwas zurück, um den Rücken freizuhaben, und deutete mit dem Daumen auf Gunter.

„Wer ist denn der Macker, Margotchen? Biste mir untreu geworden? Na, schön! Ich pfeife drauf. Und wenn das deine Gören sind – oder seine – dann schick sie in den Kindergarten, zum Teufel! Und den Prolli in die Kneipe. Der muß nicht dabei sein, wenn wir sülzen. Klar! Was ich mit dir zu besabbeln habe, Gatschi (*Frauchen*), verträgt keinen Dritten.“

Gunter verbiß sich ein Lachen. „Er erkennt mich nicht mal, der Kerl. Dich haben sie aber schlecht vorbereitet, Mann!“

Ein böser Blick traf ihn. „Was?“

Gunter sagte: „Du bist nicht Oswald Pollner. Du siehst zwar ein bißchen so aus, aber wirklich nur ein bißchen. Vermutlich sollst du den Schmuck abholen, wie? Den Blauen Marinak und die Gerushuny-Kette! Weshalb kommt Pollner nicht selbst? Weil ihm das Risiko zu groß ist, nicht wahr? Aber du als sein Komplice riskierst genau soviel. Du wirst uns nämlich verraten, wo sich der Strolch versteckt.“

Stille breitete sich aus.

Locke hörte, wie eine Fliege am Fenster summte.

Drüben im Stadtpark ertönte eine Kindertröte. Es klang nicht wie die erste Trompete aus einer Big Band.

„Ja“, sagte Margot – mit einer Stimme wie aus tiefster Gletscherspalte, „Sie sind nicht Oswald Pollner. Nein, sind Sie nicht! Das kann ich beschwören.“

Pollners Stellvertreter machte schmale Augen. „War ein Versuch , ihr Kanaken! Dann geh ich wohl wieder.“

Tom hob den Fuß.

Blitzartig griff der Mann unter die Jacke.

Sonnenlicht fiel auf die Pistole. Die Mündung wies auf Gunter, dann auf Tom, dann pendelte sie zwischen den beiden.

„Aus dem Weg! Das ist kein Spaß", zischte der Pseudo-(*Falsche-*) Pollner. „Weg von der Tür! Oder es knallt."

Sein Gesicht verzerrte sich. Im linken Mundwinkel schimmerten drei Zähne, zwei oben – einer unten. Ein irres Funkeln stand in den Augen.

Der dreht durch, dachte Gunter. Um Himmels willen! Nur nicht reizen!

Er wich zur Seite.

Tom wartete auf seine Chance, sprungbereit – aber die kam nicht.

Rückwärtsgehend zog sich der Kerl in die Diele zurück.

Krach! fiel die Tür zu, die zwischen Diele und Wohnraum.

Einen Moment später erzitterte auch der Rahmen der Eingangstür.

Tom wollte hinterher.

„Bleib!" sagte Gunter. „Der macht ernst und schießt, wenn du ihn in die Enge treibst. Die Pistole war echt, kein Gas-Ballermann."

„Also sowas!" flüsterte Locke. „Was für Menschen sind denn das? Offenbar richtige Verbrecher. Ausgerüstet wie diese und von derselben Gesinnung. Mal sehen . . ."

Sie lief zum Fenster. Die andern folgten ihr. Alle beugten sich hinaus.

„Mit dem Ami-Schlitten ist er gekommen", sagte Gunter. „Ich sah's zufällig. Wahrscheinlich ist der Wagen geklaut. Falls er aber dem Pseudo-Pollner gehört, hilft uns das auch nicht. Ich jedenfalls kann das Kennzeichen nicht entziffern."

Der Wagen stand noch vor dem Haus und spiegelte Sonnenstrahlen mit dem blitzblanken Dach.

In diesem Moment fegte der Kerl ins Freie, im Laufschritt, total gestreßt, glaubte er doch, die Polizei sei inzwischen alarmiert und schon auf dem Weg hierher.

Er warf sich hinters Lenkrad. Als der Wagen vom Bordstein wegpreschte, hätte er beinahe einen Radfahrer umgesäbelt.

Schlingernd wich der Zweiradler aus. Er schimpfte und drohte, war aber nicht wütend genug, um sich das Kennzeichen aufzuschreiben.

Mit viel zu hoher Geschwindigkeit – für eine verkehrsberuhigte Zone – entschwand der Wagen auf der West-Straße in westliche Richtung.

„Wie ist das nun zu verstehen?" meinte Locke. „Pollner bleibt im Hintergrund und schickt einen Komplicen. Der gibt sich für Pollner aus, obwohl er nicht mal sein Zwilling ist. Da hätte Pollner doch gleich am Telefon sagen können, daß er nicht in eigener Person – sondern sein Double kommt, dem du, Margot, den Schmuck geben sollst. Wie soll man das deuten?"

„Pollner hat Schiß", meinte Tom, „und traut sich nicht – nach dem Flop (*Mißerfolg*) in der Blumenau-Straße. Aber er denkt, daß Sie, Frau Glitter, bereitwilliger sind – in Sachen Wertsachen –, wenn Sie wähnen, der Abholer wäre Pollner. Na, und Maskenbildner ist er, obschon nach zwölf Jahren nicht mehr so geübt. Also schminkt er sich einen Komplicen als zweites Ich zurecht. Und nimmt gleich einen Pickelharten, dem die Wumme locker sitzt."

Gunter nickte dazu, hatte aber eine zweite Möglichkeit bereit.

„Oder Pollner steckt gar nicht mehr dahinter, sondern andere – Ganoven, versteht sich – bedienen sich seines Namens, um an den Schmuck zu kommen. Sind Sie sicher, Frau Glitter, daß der Anrufer Pollner war?"

„Ja. Ich glaube. Aber beschwören kann ich's nicht. Zwölf Jahre sind zwölf Jahre. Auf Tonband habe ich seine Stimme nicht. Hätte ich sie, wäre das Band im Müll gelandet. Und wie er redet, das habe ich mir nun wirklich nicht ins Gedächtnis gerufen – während der Zeit."

„Wie dem auch sei", meinte Gunter, „wir müssen jetzt mit allem rechnen. Nämlich, daß nicht nur er, sondern die Creme (*Oberschicht*) der Unterwelt nach dem Schmuck trachtet. Dafür gibt es zwei Erklärungen. Entweder macht Pollner gemeinsame Sache mit anderen, hat also die Schmuckforderung abgetreten, beziehungsweise verkauft – weshalb auch immer. Oder andere haben ihn während der letzten Stunden erwischt und ausgeschaltet, um selbst das Geschäft zu machen."

„Aber woher wissen andere Ganoven", fragte Locke, „daß Pollner irgendwo oder bei irgendwem die Beute von damals versteckt hat?"

„Vielleicht wissen gewisse Ganoven das schon lange. Aber sie mußten warten, bis er aus dem sicheren Gefängnis in die unsichere Freiheit entlassen wird, um ihm die Daumenschrauben anzusetzen."

„O Gott!" flüsterte Margot. „Es wird immer schlimmer. Ich bin jetzt die Zielscheibe geldgieriger Verbrecher. Sie wollen Beute von mir, die ich längst nicht mehr habe."

„Es liegt an Ihnen", sagte Gunter, „die Polizei einzuschalten."

Aber davon wollte sie nichts wissen.

„Bitte, erst, wenn es gar nicht anders geht. Ich müßte doch bekennen, wie ich damals zu Pollner stand. Es könnte durchsickern, sich rumsprechen. Dann würde genau das eintreten, was ich um jeden Preis vermeiden will. Ich stünde da als ehemaliges Liebchen eines Verbrechers. Mein Ruf wäre kaputt. Die Konkurrenz, die anderen Modegeschäfte – man würde sich die Hände reiben. Nein!"

„Ich hätte ihn anspringen sollen", murmelte Tom. „Dann wäre der Fall gelöst. Mit einem Mawashi-Geri (*Karate-Fußstoß*) hätte ich ihm die Pistole . . ."

„Dann wäre nicht der Fall gelöst", fuhr Locke ihm über Ober- und Unterlippe, „sondern ich müßte jetzt deine Leiche beweinen. Und wenn du schon nicht an mich denkst, dann doch bitte an Helga, deine leibliche Mutter. Über wen sollte sie sich ärgern, wenn du – mit Löchern im Bauch – den letzten Abgang machst. Schmink dir die Kühnheit ab, Trollo!"

„Ist alles eine Frage der Technik“, grinste Tom. „Ich meine, der Karate-Technik. Naja, jetzt geht ohnehin nichts mehr. Die Sache ist gelaufen und der Pseudo-Pollner weg.“

Wie sollte es nun weitergehen? Unausgesprochen schwebte die Frage im Wohnraum, wurde aber verdrängt vom schrillen Klingeln des Telefons.

Es kam so plötzlich, als hätte jemand in die Luft geschossen. Alle erschraken.

Margot seufzte, trat zum Telefon und nahm den Hörer ans Ohr.

„Glitter!“

„Hallo, Schätzchen“, sagte eine giftige Stimme.

„Os . . . Oswald“, stotterte sie. „Bist du's?“

Augenblicklich standen die drei neben ihr. Margot hielt den Hörer so, daß alle mithören konnten.

„Diesmal bin ich's“, sagte Pollner. „Du enttäuschst mich. Also, wirklich! Ist gar nicht nett von dir, wie du einen alten Freund empfängst. Daß nur mein Kumpel kommt, konntest du nicht wissen. Hast aber keinen Champagner kaltgestellt, du Luder.“

„Wer . . . war der Mensch?“

„Ein Kumpel.“

„Warum bist du nicht selbst gekommen?“

„Zum Glück nicht, muß ich sagen. Weißt du, ich habe da noch andere Sachen auf der Pfanne. Deshalb bleibe ich lieber im Hintergrund. Wer waren die Leute?“

„Freunde“, sagte Margot mit fester Stimme. „Sie werden mir helfen, wenn du mich bedrohst – oder wieder diesen Kerl zu mir schickst. Oder einen andern.“

Pollner lachte. Es klang, als amüsiere sich ein Geisteskranker über die letztjährige Unfallstatistik.

„Mit Besuch mußt du rechnen, Schätzchen. Am besten, du legst es griffbereit, was ich dir damals zur Aufbewahrung gab. Darum geht's nämlich, wie du unschwer errätst.“

„Oswald. Den . . . den Schmuck habe ich nicht mehr.“

„Was ist?“

„Ich . . . sage die Wahrheit“, stotterte sie. „Aber ich habe Verständnis für deine Lage. 50 000 Mark . . . kann ich dir geben. Für . . . einen neuen Anfang.“

Die Leitung schien zu vereisen.

„Wo sind die Klunkern?“ fragte Pollner.

„Ich habe sie damals der GHV, der Gerstadt-Herling-Versicherungs AG, gegeben.“

„Ich glaube dir kein Wort.“

„Dann frag doch!“ rief sie – mit weißem Gesicht. „200 000 Mark bezahlten sie mir für den Schmuck. Damit habe ich meine Geschäfte gegründet. Die Rückgabe wurde geheimgehalten. Das war meine Bedingung.“

„Du mußt wahnsinnig sein“, keuchte Pollner, „falls dein Märchen wahr ist. Wenn es wahr sit, mache ich dich kalt. So oder so – ich werde mich erkundigen. Verlaß dich drauf. Hast du schon nach deiner Wohnungstür gesehen? Nein? Na, Schätzchen, dann viel Spaß!“

„Was . . . meint er?“ stammelte Margot.

Locke lief in die Diele. An der Wohnungstür fiel ihr nichts auf. Aber sie ahnte, worauf Pollners Frage zielte.

„Margot, steckte vielleicht der Schlüssel von innen?“

Margots Augen wurden groß. „Ja, natürlich. Wie immer.“

„Dieser Kerl hat ihn mitgenommen“, stellte Locke fest. „Au Backe! Jetzt können diese Schweinepriester jederzeit rein. Es sei denn, du läßt das Schloß auswechseln.“

„Ich glaube, das bringt nicht viel“, sagte Gunter. „Pollner geifert vor Wut. Der ist zu allem entschlossen. Der bricht auch ein und versucht sonstwas. Frau Glitter, jetzt müssen wir uns wirklich was einfallen lassen, um Sie aus der Schußlinie zu holen.“

Wieder klingelte das Telefon.

Margot meldete sich.

„Für Sie, Herr Rehm“, sagte sie matt.

Gunter nahm den Hörer. „Ja?“

Es war Pit Mehring. „Mike hat mir gesagt, wo du steckst. Also, um es kurz zu machen, alte Fischhaut, ich habe mich bei der GHV erkundigt."

„Dann ist ja alles in Ordnung."

„Nichts ist in Ordnung. Übrigens: War das eben die Dame Glitter? Hört sie mit?"

„Erste Frage: Ja. Zweite Frage: nein."

„Ist auch besser so, denn bei der GHV ist keine Margot Glitter bekannt. Daß der Blaue Marinak und die Gerushuny-Kette zurückgegeben wurden, davon weiß kein Mensch was. Mir scheint, Gunter, die Dame hat dich für dumm verkauft."

7. Das Grab in der Villa

Blauer Sommerhimmel breitete sich über Brüssel, Belgiens Hauptstadt, als ein gewisser Herr Anderdropen bei Robert Bineau anrief.

Bineau war Immobilienhändler, ein Hüne mit weizenblondem Haar und einem großen, blauen Muttermal auf der rechten Wange.

„Anderdropen", buchstabierte Anderdropen seinen Namen am Telefon. „Nein, Herr Bineau, wir kennen uns nicht. Ich bin der neue Nachbar Ihres Schwagers Raimond Duval. Er erzählte mir, daß er mit Ihnen verwandt ist."

„Ist er", sagte Bineau gelangweilt. „Freut mich, Sie kennenzulernen, Herr Anderdropen."

Bineau saß in seinem Büro und fühlte sich müde. Das Geschäft ging flau, und er hatte noch einen Kater von gestern. Seine Freundin war ohne ihn an die See gereist, und im übrigen haßte er Sonnenschein. Gähnend drückte er seine Zigarette im Aschenbecher aus. Was wollte dieser Anderdropen? Rief er als Kunde an? Dann, Freund, laß deine Wünsche ab, ehe die Leitung durchhängt!

„Unsere Grundstücke", näselte Anderdropen, „grenzen aneinander, wie Sie sicherlich wissen."

Bineau wußte es nicht. Aber wenn von Grundstücken die Rede war, horchte er auf – grundsätzlich. Schließlich war das Verschachern von unbeweglichem Besitz sein Job, zugegeben ein mieser – aus menschlicher Sicht. Aber Bineau lebte gern nach dem Motto, mit echter Null-Leistung Nullen zu verdienen – nämlich vor dem Komma. Nullen auf einem Scheck, die angeführt wurden von einer netten höheren Ziffer.

„. . . als ich eben in meinen Garten sah", sabbelte Anderdropen, „sah ich das Wasser."

„Wasser? Ist ihr Grundstück feucht? Täte mir leid. Aber ich habe es Ihnen nicht verkauft."

Bineau war zusammengezuckt. Zu oft schon hatte er sumpfige Wiesen als erstklassigen Baugrund verkauft. Sein schlechtes Gewissen zog sich jeden Stiefel an – trotz seelischer Hornhaut.

„Nein!" lachte Anderdropen. „Ich meine das Wasser, das unter der Kellertür Ihres Schwagers hervorläuft."

„Um Himmels willen!" Bineau verschluckte sein Gähnen.

„Ich nehme an, da ist im Keller ein Rohr gebrochen. Das wollte ich Ihnen mitteilen."

„Vielen Dank! Da sehe ich gleich nach."

Bineau legte auf und kratzte sich im weizenblonden Haar.

Duval, dieser Miesling! Er konnte seinen Schwager nicht leiden. Und der wäre auch nicht für ihn durchs Feuer gesprungen.

Aber mangels anderer Verwandten hatte Duval ihm den Hausschlüssel übergeben, bevor er gestern – oder war's vorgestern? – nach Deutschland flog, um dort irgendwelche dubiosen (*zweifelhaften*) Geschäfte abzuwickeln.

Naja, nachsehen mußte er.

Bineau verließ sein Büro.

So rasch es der Nachmittagsverkehr zuließ, drosch er seinen Citroën durch die Innenstadt zum Stadtteil Laeken.

Er hielt vor Duvals Grundstück.

Durch den Vorgarten lief er zur Villa. Die Kellertür lag seitlich. Tatsächlich – Wasser sprudelte darunter hervor und lief in den Garten, wo sich die schwarze Erde gütlich tat. Ein Blumenbeet hatte allerdings schon genug. Die Pflänzchen ertranken. Das Beet begann sich aufzulösen und driftete in Richtung Zaun.

Drüben, vor der Haustür, stand ein ältlicher Knabe und winkte. Anderdropen, der Wassermelder.

Bineau winkte zurück. Dann schloß er die Vordertür auf und trat in die Villa.

Sie war alt, vor 1900 erbaut, mit ihren zwölf Zimmern für einen Witwer viel zu groß.

Geschäftstüchtig hatte Bineau seinem Schwager vorgeschlagen, den alten Kasten zu verkaufen und sich was Modernes zu bauen. Aber der schimmlige Freak wollte nichts davon wissen.

„Ich hänge an dem Haus", pflegte er jeden Bineauschen Versuch abzuschmettern. „Hier war ich glücklich mit Claire. Wenn auch nur kurze Zeit."

Claire war Bineaus Schwester gewesen. An ihr hatte er gehangen. Noch heute dachte er oft an sie.

Jetzt stieg er die Kellertreppe hinab und hörte das Glukkern. Fußhoch standen die Kellerräume unter Wasser. Da sich die Villa in einen Hang treppte, befanden sich Garten und die hangseitigen Kellerräume in einer Ebene. Was unter der Tür durch die Ritze paßte, lief ab.

Auf der viertletzten Stufe blieb Bineau stehen.

Er sah in das modrige Dunkel hinunter. Seufzend krempelte er die Hosenbeine hoch. Er watete durchs Wasser und suchte den Haupthahn in der Waschküche.

Nachdem er ihn abgedreht hatte, verstummte das Glucksen. Wenig später fand er das defekte (*beschädigte*) Rohr.

Er stieg ins Parterre hinauf. Seine Schuhe quietschten und hinterließen feuchte Abdrücke. Er rief einen Installateur an und sagte, was anlag.

Dann setzte er sich ins Kaminzimmer, streifte Schuhe und Strümpfe ab und zündete eine von Duvals schwarzen Zigarren an.

Die Handwerker kamen. Sie rumorten im Keller und lenzten (*leerpumpen*) die Räume.

Er hörte das Tuckern der Pumpe. Der Schwimmingpool im Garten war leer gewesen. Auf Bineaus Geheiß pumpten sie das Wasser hinein. Appetitlich sah's nicht aus. Aber Duval war sowieso Nichtschwimmer, der Pool nicht seine Schöpfung, sondern damals auf Claires Wunsch angelegt worden.

Dann kam der Installateur und fragte, wohin er die Rechnung schicken solle.

„Zu meinem Schwager, natürlich."

Bineau gab ein reichliches Trinkgeld, das er sich von Duval zurückholen würde.

„In einem der hinteren Räume", sagte der Installateur, „ist der Boden bröcklig wie Treibsand. Das Wasser hat den Steinen den Rest gegeben. Sie sind völlig unterspült."

Bineau bedankte sich für den Hinweis und ließ die Handwerker hinaus.

Strümpfe und Schuhe waren klitschnaß. Ersatzweise bediente er sich aus Duvals Kleiderschrank. Die Schuhe waren zu klein und drückten, aber er lief ja nur wenige Schritte damit.

Zunächst mal hinab in den Keller, um nach dem Rechten zu sehen. Waren auch alle Fenster geschlossen?

Wieder stieg er die steile Treppe hinab. Der Moderduft hing wie Wolken in der Luft. Bineau schüttelte den Kopf. Daß man sich in diesem Bau wohlfühlen konnte, begriff er nicht. Und damals vor drei Jahren hätte er einen Käufer gehabt. Duval, dieser Esel! Der bildete sich ein, teure Erinnerungen könnte er nur hier pflegen, bei Muff und Moder. Dabei hatte er Geld wie Heu. Als Juwelier hatte er schon manchen übers Ohr gehauen. Er war zwar kein Juwelier der Oberen Zehntausend, aber ein schlauer Geschäftemacher. Bineau hatte ihn im Verdacht, daß er heiße Waren aufkaufte.

Diesmal sah Bineau sich den Keller genauer an.

Nur wenige Flaschen Wein lagerten in den Regalen. Alles wirkte verkommen.

Der Handwerker hatte recht. Im letzten Raum war der Boden bröcklig. Aber merkwürdigerweise nur in der Mitte.

Bineau furchte die Stirn. An dieser Stelle waren andere Steine verwendet worden. Sie wirkten weniger stabil, waren heller, hatten sich gesenkt. Es war ein längliches Rechteck: zwei Meter lang, etwa halb so breit.

Hat er hier seinen Schatz vergraben? Bineau grinste. Oder die berühmte Leiche im Keller, die . . .

Sein Grinsen fror ein, sackte langsam weg aus den Mundwinkeln, und er spürte die Luft als eisigen Hauch auf der Stirn.

Vergraben!

Ein Gedanke wie eine glühende Nadel: Die Leiche im Keller!

Nein! dachte er. Spinn nicht! Nicht Raimond Duval. Nicht dein grauer, geldgieriger, vertrockneter Schwager. Nicht dieser . . . ja, dieser Schweinehund!

Bineau lehnte sich an die Wand und atmete tief.

Damals, vor 22 Jahren hatte er ihn verdächtigt. Damals hatte er ihn – in Gedanken – einen Mörder genannt. Aber es hatte keine Beweise gegeben. Jeder Hinweis an die Polizei wäre lächerlich gewesen.

22 Jahre lag das zurück.

Bineau zögerte nur einen Augenblick. Dann sah er sich um. Im Geräteraum fand er Spitzhacke und Schaufel. Er legte die Jacke ab, bevor er sich an die ungewohnte Arbeit machte.

Knirschend fuhr der Stahl der Spitzhacke in den Boden. Wenige Hiebe genügten, um den Rest der Steine zu zertrümmern. Vorsichtig schaufelte er dann die Brocken beiseite.

Minuten später hielt er den Atem an.

★

Gleich kriege ich Sodbrennen! dachte Locke. So eine Enttäuschung! Das kann doch nicht wahr sein! Nein, der Hase liegt woanders im Pfeffer. Margot hat nicht gelogen. Darauf würde ich . . . meinen Strohhut verwetten.

Margot saß auf der Couch, ließ Schultern und Ohren hängen und kämpfte an gegen Tränen.

Locke setzte sich neben sie. Kriegerisch sah sie ihren Vater und Tom an.

Die beiden hatten sich, jenseits des Cocktail-Tisches, in die Sessel gepflanzt. Mit Mienen wie der Gerichtsvorsitzende

und sein eingefuchster Beisitzer. Hatte man die Klientin Margot Glitter bei einer Lüge erwischt – einer Lüge, die den Knackpunkt der Sache betraf? Ja oder nein?

„Versteht mich doch." Margots Stimme klang schwach. „Ich war unerfahren, jung, dumm. Damit will ich nicht sagen, daß Jugend zwangsläufig dumm ist. Nein! Euch meine ich nicht. Aber ich war damals kein . . . junger Detektiv, sondern ein Trollkopf von vorgestern. Deshalb – an eine Quittung, an eine Empfangsbescheinigung – habe ich nicht gedacht."

„Sie müssen doch irgendwie beweisen können", sagte Gunter, „daß Sie den Schmuck bei der GHV abgeliefert haben."

„Wie denn?" Sie hob hilflos die Achseln. „Wer kommt denn auf die Idee, daß eine Versicherungsfirma Betrüger beschäftigt – ich meine, mal abgesehen von dem, was branchenüblich ist. Denn die Paläste der Firmen müssen ja bezahlt werden und die Aufwendungen für Verwaltung und so – auch. Ich sage Betrüger. Aber betrogen hat man mich ja nicht. Ich erhielt das Geld. 200 000 Mark. Und keinen Pfennig weniger."

„Doch nicht etwa in bar?" fragte Locke.

„Doch! Schein für Schein. Alles Hunderter. Daß ich die dann auf mein Konto eingezahlt habe – das, ja das müßte sich beweisen lassen."

„Beweist gar nichts", schaltete Tom seine Logik ein. „Das Geld konnte sonstwoher stammen. Muß ja nicht Geld der GHV gewesen sein."

Gunter nickte. „Für Sie war die Sache damit erledigt? Ich meine, nach dem Erhalt des Geldes."

„Na, und wie! Ich war plötzlich reich, war Pollner los, hatte ein sanftes Ruhekissen – eh, ein gutes Gewissen –, konnte an die Zukunft denken und mir was aufbauen."

Locke warf ihr Haar zurück, sah Margot von der Seite an und zweifelte keinen Moment an der Lauterkeit der Klientin.

„Halten wir mal fest“, sagte sie, „du hast also ausschließlich mit einem gewissen Hans-Dieter Dietsch verhandelt?“

Margot nickte. „Er sagte, er sei der Leiter der hiesigen GHV-Filiale (*Zweigstelle*).“

„Dieser Dietsch nahm deinen ersten Anruf entgegen und führte auch alle folgenden Gespräche?“

„Ich habe nur mit ihm verhandelt, nur ihn gesehen. Er gab mir auch das Geld. Ich bestand, wie gesagt, auf Barzahlung. Damals war ich noch so. Ein Schein war ein Schein, ein Scheck ein Stück Papier.“

Locke sah Gunter an. „Da du mir deine Intelligenz vererbt hat, Papi, schlußfolgern wir sicherlich dasselbe. Tom kann sich ja anschließen. Er ist in Mathe und Latein recht gut“, wandte sie sich erklärend an Margot, „nur in den musischen Fächern liegt er völlig auf Abschuß. Müßtest mal hören, wenn er in die Gitarre greift. Sie tut mir leid, die Gitarre.“

Tom lächelte wie Satan, wenn er eine schwarze Seele übernimmt. „Schlußfolgernd stelle ich fest, Frau Glitter, daß Sie nicht ohne Grund Schwindel aufgetischt hätten. Im Gegensatz zu meiner etwas blauäugigen (*gutgläubig, einfältig*) Chefin, die mich jetzt mit ihren schwarzen Glutguckern anfunkelt, erwäge ich nämlich alle Möglichkeiten. Wie Gunter. Also stellt sich die Frage: Warum hätten Sie geschwindelt? Es muß Sinn haben. Liegt ein Plan zugrunde? Ich kann nichts erkennen. Deshalb bleibt als Tatsache: Dieser Hans-Dieter Dietsch hat ein Ding gedreht.“

„Hat den Schmuck unterschlagen“, nickte Gunter.

Locke klatschte in die Hände. „Jetzt liegt ihr auf meiner Linie.“

„Wir folgen der Linie der Wahrheit“, erklärte Tom.

Margot straffte die Schultern. „Ein Ding gedreht? Unterschlagen? Als Versicherungsdirektor? Ich weiß nicht. Er sah seriös aus. Als Betrüger kann ich ihn mir einfach nicht vorstellen.“

Gunter lächelte. „Jetzt verlassen Sie sich zu sehr auf Ihr

Gefühl. Vor zwölf Jahren was das sicherlich noch . . . naja, Sie sagen selbst, Sie wären damals etwas unbedarft gewesen. Ich stelle mir vor, der Mann hatte 200 000 Mark. Die legte er an – bei Ihnen, und er machte das Geschäft seines Lebens. Mit dem Schmuck. Wir können durchaus unterstellen, daß er ihn für 600 000 oder 800 000 weiterverkaufte. Dann konnte sich sein unversteuerter Gewinn sehenlassen. Oder vielmehr – lieber nicht. Gewinne dieser Art muß man geheim halten. Daß er auffliegen würde, brauchte er nicht zu befürchten. Sie, Frau Glitter, hatten größtes Interesse daran, daß nichts an die Öffentlichkeit dringt. So sehe ich die Sache jetzt. Was hoffentlich, Locke, deine Zustimmung findet."

„Klar, Papi. Bist akkurat (*genau*) auf dem richtigen Dampfer. Könnten meine Worte sein."

Margot lächelte. Die andern glaubten ihr. Damit war alles im Lot.

„Das mit dem Wohnungsschlüssel", sagte Gunter, „zwingt uns zum Umdenken. Hier, Frau Glitter, sind Sie nicht mehr sicher. Wir müssen jetzt einiges klären, nämlich diesem Dietsch bei der GHV auf den Pelz rücken. Also können wir nicht ständig um Sie sein. Das beste wäre, Sie ziehen in ein Hotel. Heimlich, natürlich. Ich denke da an einen Schlupfwinkel, wo weder Pollner noch dessen Komplicen Sie finden. Einverstanden?"

Margot nickte. „Gern. Aber welches Hotel?"

„Wie wäre es mit dem Landgasthof in Klein-Plöniken", rief Locke.

Gunter lächelte. „Du hast nicht nur meine Intelligenz geerbt, Tochter, sondern auch dieselben Ideen. Der Landgasthof. Der ist es. Ein Platz für Romantiker. Locke, Mike und ich haben schon oft dort gewohnt. Tom kennt es auch. Dort verstecken wir Sie, Frau Glitter."

Margot lächelte. „Wann fahren wir?"

★

Bineau starrte in die Grube.

Fußtief hatte er sie ausgehoben.

Zwischen Mörtelresten, Sand und Gesteinsbrocken kamen Knochen zum Vorschein: graufleckig und schmutzig. Ein Skelett! Es war noch eingehüllt in die Reste einstmals modischer Kleidung.

Bineau atmete stoßweise.

22 Jahre waren vergangen. Jetzt hatte er den Beweis.

Er fand eine Hand. Ekel überkam ihn. Etwas in ihm sträubte sich, die Knochen zu berühren.

Dann riß er sich zusammen und streifte den Ring vom Knochenfinger: einen schweren Trauring aus Gold.

Mit einem Lappen säuberte er ihn. Auf der Innenseite las er die Gravur (*in Metall gestochene Schriftzeichen*): 12. 2. – der Hochzeitstag seiner Schwester. Claires Hochzeitstag.

Nur ein Dreivierteljahr war sie mit Raimond Duval verheiratet gewesen. Dann verschwand sie. Niemand konnte sich erklären, warum und wohin. Zurück blieb ein schmerzgebeugter Ehemann: Raimond Duval, sein Schwager.

Bineaus Kiefermuskeln traten wie Stränge hervor, als er den Kopf der Toten aus der Grube schälte. Die Schädeldecke war zertrümmert. Mord.

Und falls es noch Zweifel an der Identität der sterblichen Reste gegeben hätte – Bineau fand die beiden Goldkronen im Gebiß. Derentwegen hatte sich Claire oft geschämt. Sie war eitel gewesen, was ihre Zähne betraf.

Er richtete sich auf. Er spürte Eis in den Adern. Wie ein Film mit harten Schnitten zogen die Ereignisse an seinem inneren Auge vorbei: Claire, das muntere Geschöpf, das er abgöttisch liebte; Duval, der junge Habenichts, der sich einschmuste, dem Claires Geld in die Nase stach; Verlobung; Streit mit den Eltern, weil Duval nicht erwünscht war; aber Claire hatte ihren Kopf durchgesetzt.

Vom Tag der Heirat an ging dann eine Veränderung mit ihr vor. Sie wurde stiller und zog sich zurück. Duval äußerte häufig seine Befürchtung, Claire sei gemütskrank. Damit also hatte er seine Tat vorbereitet.

Eines Tages verschwand Claire ohne Abschiedsbrief.

Duval gebärdete sich wie ein Irrer. Wochenlang durchkämmte er die Stadt nach ihr. Ergebnislos.

Natürlich, dachte Bineau, ich hatte den richtigen Verdacht. Weil er Nutznießer war und mit Claires Geld nun der gemachte Mann. Es paßte zusammen. Trotzdem – letztlich hielt ich soviel Verkommenheit nicht für möglich. Dieser Mörder! Er hat sie umgebracht – nur, um an ihr Geld zu kommen. Er war nicht mal bereit, sie in Kauf zu nehmen. Weshalb nicht? Sie war zauberhaft. Wahrscheinlich wußte er, daß es auf die Dauer nicht gutgehen konnte. Für kurze Zeit sie umgarnen – das war ihm gelungen. Aber allmählich hätte sie ihn durchschaut, den miesen Charakter. Scheidung wäre die Folge gewesen – und wieder hätte er dagestanden mit nichts. Mord war sein Ausweg.

Er steckte den Ring ein, ließ die Grube, wie sie war, spülte sich in der Waschküche die Hände und schloß dann den Keller ab.

Im Kaminzimmer starrte er minutenlang durchs Fenster, ohne zu sehen, was draußen vorging. Sein Blick war nach innen gerichtet.

Gut, daß die Eltern nicht mehr lebten. Sie hatten immer darauf gewartet, daß Claire eines Tages zurückkehren werde. Sie hatten sich geweigert, an ihren Tod zu glauben – obwohl Claire amtlich längst für tot erklärt worden war.

Die Polizei vermutete, sie habe sich in einem Anfall von Schwermut das Leben genommen. Damit wurde der Fall abgeschlossen.

Bineau bediente sich an der Hausbar. Den Cognac brauchte er jetzt. Seine Gedanken drehten sich im Kreis. Er wurde beherrscht von einem einzigen Gefühl: Haß! Haß auf seinen Schwager. Büßen sollte er, im Gefängnis verschimmeln! Hoffentlich ging die Polizei nicht zu sanft mit ihm um!

Als er sich das nächste Glas eingießen wollte, erstarrte seine Bewegung. Wie ein greller Blitz zündete die Erkenntnis hinter seiner Stirn.

Der Mord war verjährt.

Die Tat lag mehr als 20 Jahre zurück. Nach belgischem Gesetz konnte Duval nicht mehr zur Rechenschaft gezogen werden. Er würde nicht sühnen. Er würde unbehelligt bleiben. Seine Memoiren (*Lebenserinnerungen*) konnte er schreiben – und alles bekennen. Memoiren – wie es sich lebt als unentdeckter Mörder. Nichts würde ihm passieren.

Doch! dachte Bineau. Wenn das Gesetz versagt, werde ich für Gerechtigkeit sorgen. Auge um Auge, du Satan! Dich lösche ich aus!

Ihm wurde klar, daß die Umstände günstig waren. Duval befand sich in Deutschland, in einer fremden Großstadt, wo er vermutlich Verbindung zu verdächtigen Typen aufnahm – wegen seiner Geschäfte. Bineau kannte diese Großstadt. Sehr genau sogar. Vor zwölf Jahren war er dort gewesen – in einer heiklen Angelegenheit.

„Und bevor er stirbt“, murmelte Bineau, „werde ich ihm sagen, weshalb.“

8. Wie man 500 000 verdient

Wurde Margots Adresse beschattet?

Gunter marschierte die West-Straße rauf und runter, konnte aber weder Pollner noch den Pseudo-Pollner oder einen Verdächtigen entdecken.

Locke und Tom durchstreiften den Stadtpark, jedenfalls den straßenseitigen Teil. Hatte sich hier ein Beobachter eingeigelt, um mit scharfem Auge und Fernglas das Opfer zu überwachen?

Mißtrauisch beäugten die jungen Detektive alle Spaziergänger, Bankhocker, Jogger, Sonnenanbeter, Herrles und Fraules von Hunden und schmusenden Pärchen.

„Verdächtig ist höchstens der Opa dort“, meinte Locke. „Er späht dauern zu Nr. 101 hin.“

„Welchen Greis meinst du?“ forschte Tom.

„Den dort – auf der zweiten Bank, wo *frisch gestrichen* dran steht.“

„Der ist doch mindestens 90“, meinte Tom. „Daß der mit Schwarzarbeit für Ganoven seine Rente aufbessert, halte ich für unwahrscheinlich.“

Als sie an dem Alten vorbei gingen, sahen sie, daß er nicht zu dem Apartmenthaus rüberschielte, sondern schlief. Sonnenreflexe auf den Brillengläsern hatten Adlerblicke vorgetäuscht.

Locke tupfte mit der Zeigefingerspitze auf den Anstrich der Bank. Er färbte noch ab. Aber das war kein Unglück, denn der Sommeranzug des Opas war genauso grün wie der Anstrich.

Sie gingen zurück. Gunter wartete am Hauseingang.

„Zur Zeit keine Beschattung“, meldete Tom. „Jedenfalls keine wahrnehmbare.“

Gunter nickte. „Dann können wir's wagen.“

Er fuhr Margots Porsche in die Tiefgarage, dann seinen Saab hinterher.

Margot kam mit dem Lift herunter, einen kleinen Koffer an der Hand.

Tom stieg vorn ein, die beiden Damen nahmen hinten Platz.

Margot hatte einen Strohhut aufgesetzt und versteckte das Gesicht hinter einer Sonnenbrille. Das tarnte.

★

„Da wären wir", meinte Erich Wasen, der bullige Ganove. „Dort kannst du halten."

Kleef, sein Kumpel, nickte.

Sie fuhren einen von Braddys Wagen, schwitzten wie die Affen, waren aber in wichtiger Angelegenheit unterwegs.

Pollner hatte seine Sache gut gemacht, als er mit der Glitter telefonierte. Jetzt wollten sie ihre Behauptung prüfen.

„Wenn diese Zicke den Schmuck tatsächlich zurückgegeben hat", meinte Kleef, „brauchen wir uns um sie nicht mehr zu kümmern."

„Wäre ein Jammer", nickte Wasen und stülpte den Sommerhut auf den feisten Schädel. „Aber Pollner verpaßt ihr einen Denkzettel. Sowas wie den habe ich noch nicht gesehen. Nur Wut, nur Haß. Gegen den ist ein Waldbrand 'ne ganz coole Kiste."

Kleef lachte, schaltete den Motor aus und rutschte tiefer in den Sitz.

„Mach's möglichst kurz. Ich fühle mich hier wie in 'nem Backofen."

„Auch 'ne coole Kiste", nickte Wasen und stieg aus.

Er stiefelte zu dem Bürohaus, in dem die GHV die dritte Etage gemietet hatte. Mit dem Lift fuhr er hinauf.

Im Vorzimmer nahm er grinsend den Hut ab und strich sich über den Kahlschädel.

„Hallo, schöne Frau! Ich muß den Chef sprechen. Es eilt."

„Herrn Direktor Rais?" fragte Penelope Fuchs, die hier seit sechs Jahren Vorzimmerdame war.

„Wilhelm Rais“, nickte Wasen und verbreiterte sein Grinsen, als hülfe das, ihm die Türen zu öffnen.

„Wie ist bitte Ihr Name?“

„Jakob Stocker. Von der Mittags-Zeitung. Sicherlich werden Sie auch gleich fragen, Süße, in welcher Angelegenheit ich hier antanze. Aber das, Schatz, erfährt der Chef nur persönlich.“

Sie erdolchte ihn mit zwei, drei Blicken und flüchtete dann durch die schalldichte Tür ins Chefbüro.

Wasen wischte über sein schweißfeuchtes Rotgesicht. Na, dachte er, spiele ich den Reporter nicht bestens!

Penelope kam zurück.

„Direktor Rais hat einen Augenblick Zeit für Sie", erklärte sie eisig.

„Sicher verdanke ich das Ihrer Fürsprache. Haben Sie für heute abend schon . . ."

„Ich bin verlobt", fuhr sie ihn an. „Helmut ist Amateurboxer und in der Landesauswahl."

„Schade! Hätte Sie gern eingeladen. Falls Helmut eines Tages eine weiche Birne hat, kommen Sie auf mich zurück. Ja?"

Penelope atmete auf, als er hinter der Cheftür verschwand.

Den Hans-Dampf-in-allen-Gassen spielte Wasen weiter, allerdings in gemilderter Form, wie es die neue Umgebung erforderte: Ein Chefbüro in Chrom und Leder, durchzogen vom Aroma abgefackelter 20-Mark-Zigarren.

Wilhelm Rais saß hinter dem Schreibtisch, ein sonnengebräunter Mittfünfziger mit Silberfäden an den Schläfen. Er sah gereizt aus, suchte mit der Zungenspitze zwischen den Goldkronen herum und trommelte mit den Fingern auf der Schreibtischplatte.

„Stocker. Jakob Stocker – ein neues Gesicht in der hiesigen Presselandschaft."

Unaufgefordert hielt er Rais den Presseausweis hin. Aber der hatte keinen Blick dafür.

„Freut mich", behauptete er, obwohl es ihm schnurzegal war, daß dieser schwitzende Kerl nun zur Mittags-Zeitung gehörte.

„Was kann ich für Sie tun?"

„Was ich wissen möchte, haben Sie mir in einer Minute erzählt. Es geht um die Gerushuny-Kette und den Blauen Marinak. Bekannt, nehme ich an."

Rais nickte.

„Sie und ich kennen die Vorgeschichte", meinte Wasen. „Damit brauche ich mich nicht aufzuhalten. Frage: Wann erhielt die GHV das Zeugs gegen Prämie zurück?"

„Ich kann Ihnen darüber nichts sagen, Herr Stocker."

„Können Sie nicht, oder wollen Sie nicht?"

„Ich bin nicht dazu verpflichtet. Das wissen Sie doch."

„Klar. Aber nichts könnte mich daran hindern, eine Menge unfreundlichen Sachen über Sie zu schreiben."

„Die müßten Sie erfinden, Stocker. Damit könnte ich Sie vor Gericht bringen."

„Nicht mich", versicherte Wasen grinsend. „Ich bin ein alter Fuchs. Mir hat schon manche Schrotladung den Hintern verbrannt. Aber hinterher war der Schütze dümmer dran als ich. Doch ich bin nicht hier, um Sie zu nötigen, geschweige denn, um Ihnen Ärger zu machen. Ich stelle nur eine schlichte Frage und erwarte eine schlichte, ehrliche Antwort."

Rais lehnte sich zurück. Er trommelte nicht mehr. Eine Falte kerbte sich in seine Stirn.

„Seltsam", meinte er einlenkend, „daß Sie ausgerechnet heute danach fragen. Vorhin hat schon einer Ihrer Kollegen vom Tagblatt angerufen und sich ebenfalls erkundigt."

„Ach!"

Rais nickte. „Besteht für dieses plötzliche Interesse ein besonderer Grund?"

„Nee, kein besonderer. Wir stochern nur in alten Fällen rum. Vielleicht hat sich das zur Konkurrenz rumgesprochen, und man will uns dort zuvorkommen. Nun?"

„Also schön! Ich habe Herrn Mehring Auskunft gegeben. Da kann ich sie Ihnen nicht verweigern. Viel ist nicht dazu zu sagen. Der Schmuck wurde seinerzeit geraubt. Seitdem ist er verschwunden. Eine gewisse Margot Glitter hat Ihrem Kollegen Mehring offenbar weisgemacht, sie habe den Schmuck vor zwölf Jahren besessen und an uns zurückgegeben. Aber das ist nicht wahr."

Aus blaßblauen Froschaugen starrte Wasen ihn an. „Interessant. Das heißt also, die Beute von damals ist noch immer versteckt, eingemacht, vergraben, eingemauert?

Rais winkte ab. „Ich befürchte eher, der Schmuck hat längst seinen Käufer gefunden. Jeder einigermaßen bewanderte Juwelier würde die Pretiosen (*Kostbarkeiten*) sofort erkennen. Aber es gibt genug Schmuckliebhaber, die Stein und Kette nicht unbedingt auf der Haut einer schönen Frau bewundern müssen. Ihnen genügt es, wenn sie wissen, was sie im Safe haben. Das bedeutet, es kann Jahrzehnte dauern, bis der Schmuck wieder auftaucht – wenn überhaupt!"

Grinsend zeigte Wasen die Zähne. „Vielen Dank für die Auskunft. Hat mich sehr gefreut. Wiedersehen!"

Im Vorzimmer faßte er Penelope unters Kinn. „Machen Sie endlich Feierabend, Schätzchen, und ziehen Sie sich was Leichteres an."

Sie wollte ihm was Passendes antworten. Aber wie immer, wenn es um Schlagfertigkeit ging, pofte die zuständige Abteilung in ihrem Hirn.

Wasen wischte hinaus, fuhr mit dem Lift hinunter und lief zum Wagen, wo Kleef am Daumen knabberte. Aus seinem brandroten Stoppelschnitt sickerte Schweiß.

„Nun?"

Wasen ließ sich auf den Nebensitz fallen. Den Presseausweis warf er ins Handschuhfach.

„Total nützlich, das Ding. Ist zwar gefälscht. Aber das macht nichts. Guckt sowieso keiner hin. Die habe ich verhackstückt, du! Jetzt zieht's mir die Laune rauf. Diese Glitter hat die Klunkern noch. Wahrscheinlich, jedenfalls. Bei der GHV weiß kein Aas was von Rückgabe."

„Dann hat sie die noch. Ist doch logisch. Weshalb sollte sie sonst lügen? Hätte sie das Geschmeide 'nem andern verhökert, könnte sie das genauso gut sagen. Wo's doch sowieso ein Klacks ist, hier bei der GHV die Sache zu checken (*überprüfen*)."

„So sind eben Weiber", nickte Wasen. „Denken nur von Mitternacht bis null Uhr früh."

Kleef ließ den Motor an, spähte in den Rückspiegel und links hinter sich, um eine Verkehrslücke abzuwarten. Schnell reihte er sich ein. Dann gondelten sie in Richtung RED ROSE-Nachtklub.

„Aber Mut hat sie, die Glitter", meinte Wasen. „Stellt sich auf die Hinterbeine, weil sie mit Pollner nicht teilen will."

„Kann man verstehen", nickte Kleef. „Ich täte es auch nicht. Aber mit uns wird sie teilen müssen, wobei ihr Anteil null ist."

★

Sie fuhren durch die Stadt. Locke und Tom hielten die Augen offen, konnten aber keinen Verfolger ausmachen.

Stadtauswärts benutzte Gunter eine Landstraße. Hier wären Verfolger aufgefallen, denn der Verkehr war gering, bestand größtenteils aus Erntewagen und den Traktoren der Bauern.

Eine halbe Stunde später erreichten sie Klein-Pöniken, ein hübsches Dorf mit Ferienhäusern und einer berühmten Brauerei.

Der Landgasthof lag am See, verfügte über ein Dutzend Gästebetten, renovierte (*instandsetzen*) aber die Zimmer zur Zeit – bis auf eins. Das war für Margot Glitter reserviert. Gunter hatte sie telefonisch angemeldet. Die Wirtin, eine dralle Person, empfing die vier wie alte Freunde.

Margot war von ihrem Zimmer begeistert.

„Hier sind Sie sicher", meinte Gunter. „Wir bleiben telefonisch in Verbindung. Jetzt müssen wir erstmal klären, was dieser Dietsch mit dem Schmuck gemacht hat."

Zu dritt fuhren sie zurück. Der Nachmittag neigte sich.

„Ist richtige Detektivarbeit, was wir machen", sagte Locke. „Dir, Papi, kann ich nur bescheinigen: Hast dich schnell reingefunden in unsere schwierige Tätigkeit."

Gunter lachte. „Vielleicht weil ich Journalist bin. Ein findiger Reporter arbeitet nicht anders als ein Detektiv. Beide wollen was rauskriegen."

„Fahren wir jetzt zur GHV?" fragte Tom.

Gunter nickte. Die Adresse war ihm bekannt.

Die hiesige Zweigstelle residierte (*seinen Wohnsitz haben*) in der dritten Etage eines Hochhauses, aber der Weg dorthin war mit Büro-Schluß-Staus und roten Ampeln blockiert.

Essig! dachte Locke. Antreffen werden wir keinen mehr. Soviel ist klar. Aber wir können ja fragen, wo dieser Dietsch seinen Feierabend verbringt. Hoffentlich zu Hause.

Endlich kamen sie an. Gunter parkte vor dem Eingang im Halteverbot.

In der Eingangshalle hatte eine Art Nachtportier seinen Dienst aufgenommen, ein dünnlippiger Mensch mit aufsässigem Blick. Offenbar sollte er das Haus bewachen – zwölf Geschäftsetagen mit mindestens ebenso vielen Firmen.

Kundenverkehr gehörte nicht zu seinem Job.

„Was ist?“ fragte er ungehalten durch die geschlossene Glastür, als Gunter dagegen klopfte.

Gunter zeigte seinen Presseausweis. „Treffen wir bei der GHV noch jemanden an?“

„Nur die Putzfrauen.“

„Haben Sie die Privatnummer von Hans-Dieter Dietsch?“

„Mann, sehen Sie doch ins Telefonbuch.“

Leise sagte Tom zu Locke. „Sobald der die Tür öffnet, kriegt er eins auf die Rübe. Der denkt wohl, der kann hier den Spaßguerilla (*Möchte-gern-Gangster*) spielen.“

Aber Gunter hatte inzwischen das richtige Mittel gefunden, um den Wach- und Portiermenschen auf seine Wünsche einzustimmen. Er wedelte mit einem Zehner, worauf die Glastür geöffnet wurde.

Tom verzichtet auf Tätlichkeiten, weil er merkte: Das wäre jetzt exakt die falsche Methode gewesen.

„Wie soll der heißen?“ wurde Gunter gefragt. „Dietsch?“

Gunter nickte.

„Wer ist denn das?“

„Bei der GHV hat er vor zwölf Jahren den hiesigen Laden geleitet.“

„Ach so. Nee, Meister, da haben Sie den falschen Namen. Einen Dietsch, den gibt's hier nicht mehr. Der neue Chef heißt Rais. Wilhelm Rais. Die Privatnummer kann ich Ihnen geben. Aber vielleicht ist es ihm gar nicht recht. Im Telefonbuch steht dieser Anschluß nämlich nicht.“

„Rais wird sich freuen über meinen Anruf“, sagte Gunter. „Schreiben Sie die Nummer auf.“

Drei Minuten später hielt der Saab vor einer Telefonzelle.

Locke und Tom blieben im Wagen.

Gunter fütterte den Münzfernsprecher mit Groschen und wählte.

„Rais." Es war eine Frauenstimme.

Gunter sagte, wer er ist und daß er den GHV-Direktor zu sprechen wünsche.

„Augenblick!" sagte die Frau.

Es dauerte aber eine reichliche Minute, dann meldete sich Rais.

„Mein Kollege Mehring rief Sie heute bereits an", sagte Gunter. „Sie entsinnen sich? Es war wegen der Gerushuny-Kette und dem Blauen Marinak. Sie sagten, der Schmuck sei nicht zurückgegeben worden, eine gewisse Margot Glitter bei Ihnen nicht bekannt."

„Stimmt", bestätigte Rais. „Aber jetzt wird's komisch. Was ist denn nur los in der Sache? Erst rief Ihr Kollege an, dann – spätnachmittags – kam dieser aufdringliche Herr Stocker von der Mittags-Zeitung und wollte alles ganz genau wissen. Meine Auskunft, den Eindruck hatte ich, erfreute ihn."

„Stocker?" fragte Gunter. „Von der Mittags-Zeitung? Die Kollegen dort kenne ich alle. In der Redaktion gibt's keinen Stocker."

„Er sagte, er sei neu."

Trotzdem kann das nicht sein, dachte Gunter.

Er war mit dem Chefredakteur des Konkurrenzblattes befreundet. Erst gestern hatten sie sich im Presseclub getroffen. Auch Personalfragen war eins der Themen gewesen. Gunter wußte genau, daß die Mittags-Redaktion keinen neuen Kollegen eingestellt hatte.

Aber damit verschonte er Rais. Es brachte rein gar nichts, den Mann zu beunruhigen. Im übrigen war klar, daß dieser Stocker – wie er bestimmt nicht hieß – zu Pollner und Konsorten gehörte.

„Hm, ja", brummelte Gunter. „Aber um zur Sache zu kommen. Ich stelle Nachforschungen für Frau Glitter an –

jene Frau, die behauptet, damals den Schmuck ausgehändigt zu haben. Und zwar an einen gewissen Hans-Dieter Dietsch."

„Waaas?" staunte Rais. „An ihn?"

„Ihr Vorgänger, nehme ich an."

„Ganz recht. Bis vor sieben Jahren. Jetzt hat er einen Posten bei der Schrottverwertungs GmbH. Ich glaube, es ist beruflich ein Abstieg. Aber wieso hat Dietsch den Schmuck damals angekauft? Die Wertstücke waren mit einer Million bei uns versichert. Soviel ich weiß, wurde das Geld dem Juwelier Bronstein ausgezahlt."

„Frau Glitter sagt, sie hätte 200 000 D-Mark von Dietsch erhalten. Ich glaube ihr."

„Das wäre ein Hammer."

„Ich bin dabei, Herr Rais, die Zusammenhänge zu erhellen. Im Telefonbuch habe ich Dietsch nicht gefunden."

„Er wohnt im Landkreis, knapp hinter der Stadtgrenze. Die Adresse ist . . . Moment mal! Ja . . ."

Er nannte sie. Gunter notierte. Rais fand auch die dazugehörige Telefonnummer in seinem privaten Verzeichnis.

„Falls Dietsch ein krummes Ding gedreht hat, verständigen Sie mich bitte, Herr Rehm."

Gunter versprach das, dankte und drückte auf die Gabel. Den beiden, die im Wagen auf ihn warteten, winkte er zu. Locke blies die Backen auf. Tom rutschte hinters Lenkrad und grapschte herum, als wollte er starten. Offenbar langweilten sie sich.

Gunter wählte die Dietsch-Nummer. Auch diesmal meldete sich eine Frauenstimme. Aber die Dame war abgefüllt (*betrunken*) wie ein Brauerei-Fahrer nach Dienstschluß.

„Ha . . . hallo . . .! Wer . . . spricht denn da . . . da . . .? Hier bei Diiietsch."

„Ist Herr Dietsch zu Hause?" fragte Gunter.

„Ich . . . hole . . . hole ihn an den Apparat. Bitte, warten . . . warten . . ."

„Nicht nötig, meine Dame. Ich komme vorbei. Halten Sie ihn fest, falls er ausgehen will."

Gunter legte auf.

„Du telefonierst wohl gern?" fragte Locke, als er zum Wagen kam.

„Aber nicht so ausdauernd wie du", lächelte er. „Wenn sie mit ihren Freundinnen ratscht", erklärte er Tom, der wieder auf dem Nebensitz saß, „glüht die Leitung, und meine Leute denken, bei uns sei der Anschluß gestört."

„Ist ja gar nicht wahr", protestierte Locke. „Höchstens mal ein Dreiviertelstündchen. Und nur Ortsgespräch."

„Jedenfalls fahren wir jetzt zu Dietsch", erklärte Gunter und erzählte, was er erfahren hatte.

Die Fernseh- und Hausschuhzeit begann gerade, als sie – im Vorort eines Vororts – die Adresse erreichten.

Es war ein Bungalow. Er stand, zurückgesetzt von der Straße, in einem hübschen Garten. Durch eine Wand aus Glasbausteinen schimmerte grünes Licht. Das war neben dem Eingang. Man konnte in die Diele sehen.

„Es ist besser, ihr bleibt im Wagen", sagte Gunter. „Wenn wir zu dritt aufkreuzen, wird die Sache für Dietsch noch peinlicher. Zu zweit redet es sich leichter. Er wird einiges bekennen müssen."

„Oooch", meinte Locke, „gerecht ist das nicht. Wir ziehen die Klientin an Land, und du hast den Spaß."

„Ich glaube nicht, daß es ein Spaß wird, mit Dietsch zu reden."

„Naja", sagte Tom, „wenn er dich abblocken will, Gunter, blenden wir uns ein. Wir lauern zunächst mal im Hintergrund. Sind noch Kaugummis im Handschuhfach?"

Gunter ließ die beiden zurück, ging durch den Vorgarten und klingelte an der Eingangstür.

Durch die Glaswand sah er in eine Diele, von der viele Türen abzweigten. An der Garderobe hingen drei oder vier Damenmäntel. Soviel konnte er erkennen.

Eine Tür öffnete sich. Eine langmähnige Blondine schlingerte zum Eingang. Wahrscheinlich war das die Maid, die sich schon frühabends scharfe Drinks reinzog.

„Hallo", sagte sie mit rauchiger Stimme und Silberblick. „Bist . . . der erste Gast heute. Was . . . was . . . feiern wir denn?"

„Das Weihnachtsfest", sagte Gunter. „Sagen Sie Dietsch, daß ich da bin. Mein Name ist Rehm."

„Lehm? Wirklich Lehm?"

Sie begann zu kichern. Die Erschütterung des Zwerchfells warf sie fast um. Bevor sie fiel, hielt Gunter ihre Schultern fest. Zwischen seinen Händen wurde sie schlaff wie ein geschlachtetes Kalb.

„Dietsch!" erinnerte er. „Könnte ich ihn wohl sprechen! Außerdem heiße ich Rehm. Mit R wie reinpfeifen, rausfallen, ranklotzen, raffen."

„Hihihih!" kicherte sie. „Komm rein, Lehm! Für . . . für dich habe ich immer einen Schluck übrig. Der . . . Dietsch hockt vor der Glotze und . . . bechert."

Sie war offenbar seine Haushälterin, Lebensgefährtin oder das Stubenmädchen. Sie sagte, sie heiße Lorlie Weig oder . . . Weick – und zog Gunter in die Diele.

Von dort in ein Kaminzimmer – mit Ausblick auf eine erleuchtete Terrasse. In einer Ecke standen zwei Fernsehapparate. Beide waren eingeschaltet. Der linke brachte ein ARD-Programm farbig ins Haus. Im rechten lief ein alter Schwarz-Weißfilm, den das ZDF sendete.

Dietsch hing in einem Ledersessel und genoß beides.

Er mochte 50 sein, hatte blasse Augen und ein spitzes Kinn. Er blickte erstaunt auf und riß sich von dem Doppelprogramm los.

„Wer ist das, Lorlie? Wieso läßt du ihn rein?"

„Ich heiße Rehm", sagte Gunter. „Tut mir leid, daß ich störe. Aber daß wir uns unterhalten, ist sicherlich auch in Ihrem Interesse."

„Wieso? Warum? Sind Sie von der Schrottverwertung?"

„Nicht direkt. Es geht um die Gerushuny-Kette und den Blauen Marinak."

In seinen Gletscheraugen veränderte sich nichts. „Lorlie, verschwinde!" gebot er charmant.

Schmollend schob sie ab.

Gunter wartete , bis die Tür sich hinter ihr schloß.

„Ich nehme an, Sie erinnern sich an Margot Glitter?"

„Muß ich das? Mir genügt eine Tussi." Er deutete zur Tür. „Sie braucht eine Entziehungskur. Sie trinkt fast soviel wie ich, verträgt's aber nicht."

Gunter ließ sich nicht ablenken. „Was damals über die Bühne ging, Dietsch, ist Betrug. Wenn sich die Polizei mit Ihnen beschäftigt, kommt vermutlich noch mehr ans Licht. Ob Lorlie Sie besucht, wenn Sie hinter Gittern die Tage zählen?"

Dietsch' Gesicht lief rot an, aber nur für einen Moment. Dann versammelte sich alles Blut in den Füßen. Geisterhafte Blässe überzog seine Vorderfront vom Scheitel bis zum aufgeknöpften Sommerhemd. Die Hand, die ein Whiskyglas hielt, zitterte.

„Was . . . wollen Sie?" stotterte er.

„Sie kennen Margot Glitter?"

„Nein. Kenne ich nicht."

„Sie haben vor zwölf Jahren für 200 000 Mark die Gerushuny-Kette und den Blauen Marinak zurückgekauft?"

„Nein. Habe ich nicht."

„Aber Sie kennen den Schmuck?"

„Nein. Das heißt, ja. Ich hörte davon."

„Schon mal den Namen Oswald Pollner gehört?"

„Nein."

„Na, schön! Wie Sie wollen, Dietsch! Ich hab's im Guten versucht. Jetzt ist die Kripo dran." Er nahm eine Visitenkarte aus der Brieftasche und ließ sie auf den Cocktailtisch fallen. „Falls Sie mir was zu sagen haben, rufen Sie mich an. Aber bald. Denn morgen früh informiere ich die Polizei."

Was... wollen
Sie?

Er wandte sich zur Tür. Als er zur Klinke griff, hörte er, wie draußen Lorlie wegschlich.

Dietsch sagte: „Moment! Nicht so rasch. Ich kann ja kaum folgen. Lassen Sie uns doch reden über alles."

Gunter drehte sich um. „Haben Sie den Schmuck gleich weiter verkauft?"

Dietsch schluckte. Mit fahriger Hand deutete er um sich. „Für . . . für, ja, zum Teufel, für 700 000! Habe eine halbe Million dran verdient. Das alles hier konnte ich mir davon ermöglichen."

„Das war's, was ich wissen wollte. Also hat Margot Glitter die Wahrheit gesagt. An wen haben Sie den Schmuck weitergegeben?"

„Das war ein Ausländer. Auf der Diamantenbörse habe ich ihn zufällig kennengelernt. Er war kein Juwelier. Aber von Schmuck verstand er eine Menge."

„Sie wissen hoffentlich noch den Namen, Dietsch! Im übrigen mache ich Sie darauf aufmerksam, daß ich unser Gespräch – jedenfalls, was Sache ist – an Ihren GHV-Nachfolger, an Direktor Rais weitergebe. Ob er dann Anzeige erstattet, ist sein Bier. Sie haben der Firma erheblichen Schaden zugefügt. Immerhin mußte eine Million D-Mark an den Juwelier Bronstein gezahlt werden."

Dietsch starrte ins Leere. Sein Gesicht zerfiel. Eine zitternde Hand führte das Glas zum Mund.

„Ich bin fertig", murmelte er. „Ich weiß es seit langem. Irgendwann mußte es so kommen. Jetzt ist mir alles egal. Ich hab's satt. Bis obenhin satt!"

„Wie hieß der Käufer?"

9. Mit dem Messer am Bein

„Es war ein Belgier, ein Immobilienmakler aus Brüssel", antwortete Dietsch. „So ein weizenblonder Typ mit 'nem häßlichen Muttermal auf der Backe. Er hieß Robert Bineau."

Wer weiß, ob der noch lebt, dachte Gunter. Und wenn ja – ob er den Schmuck noch hat. Vielleicht hat er ihn seinerseits weiter verhökert, ebenfalls mit Gewinn; und inzwischen hängt die Gerushuny-Kette am Hals einer texanischen Öl-Millionärin und der Blaue Marinak ziert den Nabel einer indischen Großfürstin.

„Leben Sie wohl, Ditsch! Weiterleben müssen Sie sowieso – mit Ihrem schlechten Gewissen. Und wie gesagt: Was Direktor Rais gegen Sie unternimmt, liegt in seiner Hand."

Er ging hinaus.

In der Diele funzelte immer noch das grünliche Licht. Es rührte her vom dicken grünen Glas einer Wandlampe.

In der Küche schepperten Eiswürfel.

Lorlie Weig oder Weick genehmigte sich den nächsten Drink. Vielleicht ging ihr Dietsch' schlechte Laune auf den Keks, oder sie wollte ganz allgemein was tun – gegen weiße Mäuse und andere Erscheinungen.

Gunter verließ das Haus, stieg in den Wagen und war sofort einem Hagelschlag neugieriger Fragen ausgesetzt.

Er erzählte.

Tom mahlte Kaugummis mit kräftigem Kiefer.

Locke sagte: „Wußte ich's doch! Margot ist eine ehrliche Kalbshaut. Also habe ich mein Vertrauen keiner Unwürdigen geschenkt, und das mir angeborene detektivische Gespür behielt wiedermal recht. Aber den Millionen-Behang, ich meine das Geschmeide, können wir auf die Verlustliste setzen. Wie? Das wird die GHV gar nicht lustig finden. Die fährt doch längst darauf ab, daß die Klunkern wieder anrollen, damit sie die Million zurückkriegt und dieselbe in die jährlichen Vergütungen reinpfeifen kann. Liege ich richtig?"

„Du redest schauderhaft", tadelte Gunter. „Lies mal wieder ein paar Seiten Goethe, damit du raffst, was Muttersprache ist und nicht nur Quassel Nostra (*Teenagersprache*) anleierst. Im übrigen bist du voll drauf auf dem Knackpunkt. So ist es, nämlich total Sense mit dem Schotter, der Millionen-Asche, meine ich."

Die beiden lachten lauthals, und Tom hätte beinahe seinen Kaugummi verschluckt.

Gunter sah auf die Uhr.

„Es ist spät, Kids. Und eure Nachtruhe mir heilig. Jetzt geht's ab in die Heia."

„Och", meinte Locke. „Wir haben Ferien. Schlafen können wir in der Schule."

„Ich bringe euch zu Helga", sagte Gunter bestimmt. „Du schläfst dort, Töchterlein. Dort bist du sicher vor allen Pollners und Pseudo-Pollners der Welt. Deine künftige Stiefmama wird auf dich achten. Nicki zerreißt jeden Fremden, der sich dir nähert. Und Tom macht Karate-Bruchtests mit dem Gebein unserer Feinde. Stimmt's, Tom?"

„Mit wem soll ich anfangen?" nickte der.

Eine halbe Stunde später lieferte Gunter die beiden bei Dr. Helga Conradi, seiner Liebsten, ab.

Nicki, der Boxer-Wolfshund-Mischling, begrüßte die drei mit einem Tanz auf den Hinterläufen. Liebevoll umschloß sein Tigergebiß Lockes Unterarm. Außerdem leckte er ihr so temperamentvoll übers Gesicht, daß der Strohhut in die Diele segelte. Seiner Pfote ging's wieder besser. Der Hornissenstich schwoll ab. Immerhin befand er sich an der Quelle, der gewaltige Vierbeiner, nämlich im Haushalt der gefragtesten Tierärztin der Stadt. Wenn das nicht half!

Helga saß in ihrem Büro und arbeitete Fachliteratur durch, als die Amateur-Detektive das Haus stürmten.

Locke fiel Helga um den Hals – die beiden verstanden sich glänzend. Tom klapste seiner charmanten Mama auf die Schulter und erkundigte sich im Brustton des Hausherrn, ob wenigstens eins der beiden Gästezimmer bezugsreif sei. Dann konnte Helga ihren Zukünftigen begrüßen, was sich so zärtlich abspielte wie bei Jungverliebten, wenn sie im Mondschein durch den Stadtpark tapern (*spazieren*).

„Du hast schon klüger gefragt", wies Helga ihren Sprößling zurecht. „Selbstverständlich befinden sich beide Gästezimmer im Zustand einer Grand-Hotel-Suite (*Suite = Zimmerflucht*). Oder warst du in letzter Zeit drin?"

„Wie könnte ich? Hast sie ja abgeschlossen."

Locke bezog den kuscheligen Raum neben Helgas Schlafzimmer. Ihre Zweit-Zahnbürste war ohnehin immer hier.

Helga erfuhr in allen Einzelheiten, was sich bislang in der Sache Margot Glitter getan hatte, schwankte zwischen Schreck und Bewunderung und bereute ein bißchen, daß sie die Klientin vermittelt hatte.

Von Pollner hörte sie zum ersten Mal. Gunter hatte den häßlichen Vorfall, der schon so lange zurück lag, niemals erwähnt. Begreiflicherweise löste die Kunde ein Höchstmaß an Sorge aus.

„Echter Wahnsinn!" entsetzte sich Helga. „Daß Margot Glitter in sowas mal drinsteckte – also nein! Jedenfalls passen ihre und unsere Interessen zusammen wie die Hälften einer Frühstückssemmel. Ein Glück, Locke, daß du dich hier verstecken kannst. Aber wir müssen auch Mike aus der Gefahrenzone holen. Was nützt ihm eine Gaspistole, wenn dieser Pseudo-Pollner eine echte hat. Und Pollner selbst ist sicherlich auch bis an die Zähne bewaffnet – wie ein kalter Krieger mit Raketen und Keulen. Hol Mike her, Gunter! Bitte! Inzwischen mache ich uns Tee."

Gunter nickte und rief seinen Ältesten an.

Mike meldete sich, aber keine besonderen Vorkommnisse.

Daß er übersiedeln sollte, zu den Conradis, das begeisterte ihn.

„In zehn Minuten bin ich da", meinte er, „werfe sofort meinen Feuerstuhl an."

Als er eintraf, saß die vier schon beim Tee.

Nicki zermalmte unterm Tisch einen Kalbsknochen.

„Zu blöd", sagte Mike, nachdem er sich in die Runde eingeklinkt hatte. „Hab's reinweg vergessen. Das mit dem Foto. Es ist ganz gut. Man erkennt diesen Freak. Aber jetzt liegt es im Terrassenzimmer auf dem Tisch."

„Aha!" sagte Gunter mit gerunzelter Stirn.

Mike bequemte sich, seinen Worten Klarheit zu geben.

„Also, der Mehring hat veranlaßt, daß uns Kommissar Loeben ein Foto von Pollner schickt. Sozusagen ein amtlich beglaubigtes Lichtbildnis aus der Ganovenkartei. Damit wir wissen, wie er zur Zeit aussieht, dieser Psycho-Chaot (*Irre*). Es ist neueren Datums. Angeschissen – entschuldige, Helga – sind wir natürlich, wenn er sich eins seiner tausend Gesichter umhängt."

Gunter verdrehte die Augen. „Und du vergißt das Foto! Himmel, wo versteckst du deine Konzentration? Woran denkst du eigentlich, den lieben langen Tag?"

„An seine Tussis, hihihih", machte Locke. „Aber da braucht er keine Fotos. Weil er die ganze Kartei im Herzen hat – alle Blonden, Braunen, Roten und Schwarzen."

Mike streckte seiner Schwester die Zunge raus. „Bähhh!"

„Hast du's gesehen, Helga", sagte Locke, „er kriegt die Staupe (*Hundekrankheit*). Die Zunge ist schon ganz grün."

Helga lächelte. „Kommst nachher in die Praxis. Mike. Kriegst eine Spritze. Das biegen wir wieder hin."

Gunter lächelte milde, beteiligte sich aber nicht an dem Gegacker. Daß nun auch er hier schlafen würde – und nicht zu Hause, wo's wahrscheinlich gefährlich wurde, war inzwischen beschlossene Sache.

„Aber ich hole das Foto", sagte er. „Wir alle müssen es sehen, um Pollner nicht in die Arme zu stolpern. Der könnte es für seine beste Verkleidung halten, sich nicht mit Maske zu zeigen, sondern mit dem Gesicht Numero eins, mit dem die Natur ihn bestraft hat."

„Ich hab's verbockt", sagte Mike. „Also hole ich's auch."

Gunter schüttelte den Kopf. „Ich muß sowieso noch was einpacken: mein zweites Hemd, die saubersten Socken, Wäsche mit geringem Luftlöcher-Anteil und eine gute Flasche Wein, weil die Conradis nur Tee servieren. Außer den Spritzen gegen Staupe und Hornissenstich. Ihr könnt inzwischen schon aufräumen."

Er stand auf.

„Aber wenn Pollner dort lauert?" fragte Helga mit angstvollen Augen.

„Dann war das seine letzte Lauer", lächelte Gunter.

„Papi, er ist bestimmt bewaffnet." Auch Locke wurde ernst.

Tom erbot sich sofort als Begleitung, was aber von Gunter abgelehnt wurde.

„Dann nimm wenigstens meinen Schienbein-Dolch mit", ssagt Tom.

„Was?"

„Das ist ein schlankes Messerchen, spitz wie ein Hornissenstachel und praktisch. Die Scheide, in der es steckt, wird nämlich mit einem Riemen um den Unterschenkel gebunden – knapp unterhalb des Knies. Man sieht's nur, wenn der Waffenträger in Shorts kommt. Es ist eine fidschijanisch-musopolyne Erfindung. Sozusagen eine Geheimwaffe."

Locke kicherte. „Tierischer Wahnsinn! Das Ding ist selbst gebastelt und so stumpf – damit kannst du nicht mal eine Banane scheibeln."

Aber Tom bestand darauf, Gunter auszurüsten. Also zog der das rechte Hosenbein hoch und ließt sich den Schienbein-Dolch angürten – knapp unterhalb des Knies.

★

Er hieß Ferdinand Richard, wurde Nante genannt, war Schauspieler gewesen, aber ein schlechter, und inzwischen verkracht, hatte keine Skrupel (*Gewissenszweifel*), sondern einen Hang zur Gemein- und zur Rohheit. Menschenleben achtete er gering. Seit zwei Jahren gehörte er zu Braddys Ganovenstall. Mit Erich Wasen, dem gedrungenen Rotgesicht, und Thorsten Kleef, dem fuchsigen Stoppelkopf, verstand er sich gut. Die beiden schätzten Nante, weil er brutal war. Zweifellos hätte er auf Gunter oder Tom oder sogar auf Locke und Margot Glitter gefeuert – nachmittags in Margots Wohnung, wenn man ihn ernsthaft bedrängt hätte. Daß er als Pollners Stellvertreter, Double ud Doppelgänger nichts erreicht hatte, wurmte ihn.

Aber jetzt hatte ihn Braddy, der Ganovenchef, erneut beauftragt. Mit Waffengewalt sollte Nante Margots Schlupfwinkel feststellen.

Daß sie aus ihrer Wohnung geschlüpft und irgendwo untergeschlupft war, hatten die Verbrecher inzwischen erkundet. Außerdem wußten sie, wer Margots Beschützer waren.

Ein gewisser Kastenhuber, der Hausmeister von West-Straße Nr. 101 – Margots Adresse – machte nämlich gemeinsame Sache mit ihnen.

Ihn, Kastenhuber, hatte Margot gebeten, besonders auf ihre Wohnung zu achten.

Auch Gunter hatte mit Kastenhuber gesprochen und ihn angehalten, etwaige Vorkommnisse zu melden: ihm, Gunter Rehm, unter der Telefonnummer . . .

Sofort hatte Kastenhuber die Rufnummer an Kleef weitergegeben. Und jetzt kannte man auch die dazugehörige Adresse.

Grinsend dachte Nante daran, wie Pollner fast ausgeflippt war, als ihm aufging: Margot Glitters Beschützer – jedenfalls einer von ihnen – und sein verhaßter Feind waren ein- und derselbe.

Jetzt ist es an mir, dachte Nante, diesen Rehm fertigzumachen. Pollner muß sich gedulden. Der ist noch nicht dran. Geld hat Vorfahrt – und Millionen-Schmuck allemal.

Vorhin hatten Wasen und Kleef einen Wagen gestohlen –

samt Zündschlüssel. Nante sollte die Karre bei seinem Auftrag benutzen. Sie war abgestellt auf einem dunklen Parkplatz in der Nerflinger-Straße. Doch Nante wohnte ziemlich weit entfernt und hatte kein eigenes Auto.

Da er zu Hause war, als der Auftrag ihn telefonisch erreichte, mußte er auf ein Taxi zurückgreifen.

Er rief die Funk-Taxi-Zentrale an, nannte seine Adresse und bestellte einen Wagen.

Das ging in Ordnung, sagte man ihm, gleich wäre er da.

„Aber schickt mir nicht diesen Körner", rief Nante noch, was aber nicht mehr gehört wurde. Die Verbindung war schon unterbrochen.

Er kannte Körner, einen der Fahrer, seit Jahren, noch aus der Zeit, als er aushilfsweise Taxi fuhr, weil er sonst als stellungsloser Mime (*Schauspieler*) verhungert wäre.

Vertragen hatten sie sich nicht eine Minute. Es war Abneigung auf den ersten Blick. Hin und wieder waren sie sich auch später noch begegnet, und jedesmal gerieten sie von neuem aneinander.

Die Nacht war lau. Nante wartete auf der Straße. Er trug eine Windjacke, unter der die Pistole nicht auffiel. Er sah jetzt nicht mehr wie Pollner aus, höchstens wie dessen Bruder. Die Schminke war abgewischt – Nante wieder er selbst, nämlich Ferdinand Richard.

Das Taxi kam die Straße heraus.

Nante winkte und stieg ein, als es hielt. Sofort stöhnte er auf.

„Habe dich leider nicht erkannt", sagte Körner. „Sonst wäre ich vorbei gefahren."

„Damit deine Chefin dich rausfeuert?"

„Dich hat sie damals gefeuert. Mich schätzt sie als pünktlichen und ehrlichen Mitarbeiter."

„Quatsch keine Opern, Körner! Ich will zur Nerflinger Straße."

„Mir wäre es lieber, du läufst."

Aber dann legte Körner den Gang ein, und der Wagen rollte weiter.

Körner war ein dünner Enddreißiger mit knochigen Händen und Ehrgeiz.

Sie fuhren durch ein Stadtviertel, in dem sich Gastarbeiter, vornehmlich Türken, angesiedelt hatten.

„Ist 'ne Schweinerei", sagte Nante, „daß Türkenbälger mit unseren Kindern dieselbe Schulbank drücken."

„Sowas wie du muß das sagen! Erstens hast du keine Kinder. Zweitens sind Türken Menschen wie wir. Drittens verdanke ich einem Mustafa mein Leben. Als ich vor drei Jahren im Wagen fast verbrannt wäre, hat er mich rausgezogen. Ein Türke!"

„Die Geschichte kenne ich. So an die 400mal durfte ich sie mir anhören. Und ich sage dir wieder: Wahrscheinlich war der Kanake auf deine Brieftasche scharf. An die konnte er nur ran, wenn er dich rauszerrte."

„Der Kanake ist zufällig Assistenz-Arzt im Stadtkrankenhaus. Meine Frau und ich freuen sich jedesmal, wenn er uns besucht."

„Ach, deine Frau freut sich?" höhnte Nante. „Weil sie dein Affengesicht nicht mehr erträgt, wie? Da muß es mal ein anderes Affengesicht sein."

„Gleich kann's passieren, daß ich dich rausschmeiße", drohte Körner.

Nante grinste. „Türken stinken, nicht wahr?"

„Nicht allgemein, sondern nur die schmutzigen – wie überall. Aber ich habe noch keinen getroffen, der es mit deiner Ausdünstung aufnimmt. Du solltest alle zwei, drei Wochen mal die Wäsche wechseln, du Schauspieler! Und dir endlich eine Wohnung mit fließend Wasser zulegen."

„Du erwartest sicherlich ein nettes Trinkgeld von mir."

„Ich erwarte, daß du'ne Mücke machst. Wir sind nämlich da. Nerflinger-Straße. Macht 7,80 D-Mark."

„Halt dort bei dem Parkplatz."

Nante bezahlte genau 7,80 D-Mark. Grinsend sah er dem Taxi nach. Den hatte er genervt. Er wußte, wie empfindlich Körner reagierte, wenn das Thema auf Gastarbeiter kam.

Niemand war in der Nähe. Tagsüber herrschte hier dichter Verkehr. Aber es war keine Wohngegend. Nachts vereinsamte sie. Auf dem Parkplatz standen nur wenige Wagen.

Nante latschte einige Kreise. Er witterte nach allen Seiten. Die Luft war rein. Er lief zu dem Wagen, einem dunklen Ford mit eingedellter Stoßstange. Hinter dem linken Vorderrad lag der Zündschlüssel.

Nante glitt hinters Lenkrad und startete. Er freute sich auf die Begegnung mit Rehm. Dem würde er's zeigen! Der sollte merken, was es hieß, dem Chef ins Handwerk zu pfuschen!

★

Als Gunter ankam, war die Straße dunkel. Alle Nachbarn schliefen schon.

Heißer Wind fauchte. Eine Kirchturmuhr schlug, aber Gunter zählte nicht mit. Irgendwo bellte ein Hund.

Er lenkte den Saab in die Einfahrt zur Garage, stieg aus und ging um den Wagen herum.

Als er sich zum Haus wandte, hörte er die Stimme.

Sie kam von irgendwoher aus der Dunkelheit, klang heiser und war gedämpft.

„Rühr dich nicht, Rehm! Keine Bewegung! Ich sehe dich genau über Kimme und Korn."

Pollner? Schreck rieselte Gunter über den Rücken.

Er blieb stehen, reglos, streckte die Arme zur Seite und überlegte fieberhaft.

Drüben bei den Büschen mußte der Kerl stehen. Verdammter Leichtsinn, so täppisch in die Falle zu laufen!

Schritte huschten über Steinplatten. Atem keuchte. Dann war der Kerl hinter ihm.

„Geh zur Haustür!" befahl die Stimme. Er flüsterte. „Dreh dich nicht um!"

Gunter gehorchte.

Die Stimme! Die kannte er doch! Etwa der Pseudo-Pollner von heute nachmittag?

Gunter ging bis zur Tür. Er spürte keine Aufregung, blieb vielmehr cool, um im richtigen Moment richtig zu handeln.

„Wo steckt der Schlüssel?" fragte der Kerl.

Ja, er war's. Der Pseudo-Pollner mit der Pistole. War der auch für Rache zuständig?

„In der rechten Jackentasche", sagte Gunter.

„Dann los! Schließ auf! Aber schön langsam."

Denkt der, ich habe eine Waffe? überlegte Gunter. Leider – habe ich nur den Schienbein-Dolch. Und der nützt mir jetzt gar nichts.

Gunter schloß auf und trat über die Schwelle.

Er erwog, ob es aussichtsreich war, dem Kerl die Tür an den Schädel zu donnern.

Aber Pollners Double war nicht von gestern, sondern auf alle Tricks vorbereitet. Mit dem Fuß blockierte er die Tür.

„Mach Licht!"

Gunter grinste. Wenn ich den Schalter nicht sofort finde . . ., dachte er.

In der Diele war es finster wie in einem Sarg.

Kaum gedacht, flammte eine Taschenlampe auf.

Gunter, schon halb herumgefahren, wurde in grelles Licht getaucht. Er hörte das metallische Schnappen einer Pistolensicherung.

„Mensch, Rehm, an deiner Stelle würde ich das nicht riskieren. Du bist tot, ehe du den Fuß hebst."

Gunter schaltete die Dielenbeleuchtung ein.

Gleichzeitig kickte der Ganove die Haustür zu.

Ja, es war der Kerl vom Nachmittag. Derselbe Anzug, fast dieselbe Visage: Ein Knochengesicht mit tiefliegenden Augen und grämlichen Falten.

Allerdings war er jetzt nicht mehr als Pollner geschminkt, sondern nackt im Gesicht.

Mach Licht!

Er war kein imponierender Typ, sah nicht mal wie ein richtiger Ganove aus. Doch das täuschte nicht über seine Gefährlichkeit hinweg.

„Du schon wieder?" sagte Gunter. „Wer bist du denn diesmal?"

In der rechten Hand hielt der Pseudo-Pollner seine Pistole, in der anderen die Taschenlampe. Hämisch starrte er Gunter an.

„Was willst du?" fragte Gunter.

„Na, was wohl! Erzähl mal, wo du die Glitter versteckt hast. Keine ganze Stunde haben wir die Bude aus den Augen gelassen – und schon war die Tussi weg."

Gunter schwieg.

„Du kannst es dir aussuchen, Rehm, ob ich dich in die Schulter oder ins Bein schieße. An deiner Stelle würde ich antworten."

Gunter fragte stattdessen. „Wer schickt dich? Pollner?"

„Nicht direkt. Er gehört zwar zu uns. Aber er hat nicht das Sagen. Wir sind ein paar harte Jungs, die den Schmuck wollen. Verstanden! Pollner ist, was das betrifft, ziemlich behämmert. Im Knast hat der das doch tatsächlich einem Zellenkumpel vorgesülzt. Jedenfalls, daß er die Gerushuny-Kette und den Blauen Marinak versteckt hat. Von der Frau war nicht die Rede. Sonst", er leckte sich die Lippen, „hätten wir sie uns eher gekrallt. Der Zellenkumpel ist meinem Chef verpflichtet und schickte einen Kassiber raus. Tja, und dann haben wir gewartet, bis Pollner in die Freiheit tapert. Jetzt gehört er zu uns, und wir werden alle die Hand aufhalten, sobald wir den Schmuck haben. Verstehst du, Mann! Wir sind harte Jungs, und wir haben schon viel Mühe eingebracht für die Klunkern. Es wird Zeit, daß wir sie kriegen. Sonst reißt uns der Geduldsfaden."

Er redet viel, dieser Geisteszwerg, dachte Gunter. Mal sehen, ob noch mehr?

„Wer ist denn dein Chef, Karl-Erich?"

„Wieso Karl-Erich?"

„Wie soll ich dich sonst anreden?"

Der Kerl grinste. „Sag Nante! Das ist nicht polizeibekannt, auch sonst nirgends. Nur meine engsten Freunde nennen mich so. Zu denen, Rehm, gehörst du ja jetzt. Du redest, fragst, willst mich hinhalten, wie? Du hoffst, du könntest mir entkommen oder mich überrumpeln."

Er schüttelte den Kopf. „Versuch's lieber nicht. Sondern sag jetzt, wo die Frau steckt!"

„Ihr würdet sie foltern, was?"

„Damit sie uns ohne große Umschweife sagt, wo der Millionen-Schmuck wirklich ist! Klar! Was denn sonst! Es sei denn, sie sagt es freiwillig."

„Wenn ihr das vorhabt – warum hast du dir dann die Mühe mit der Maskierung gemacht? Warum bist du als Pollner aufgetreten"

„Das frage ich mich auch. Aber der Chef wollte es so. Er meinte, das Risiko sei geringer. Bei Folterungen ist schon mancher weggeblieben, ehe er ausspucken konnte, was er wußte. Und die Glitter sei halsstarrig, hat Pollner gesagt. Tja, außerdem wäre es ein netter Spaß gewesen, wenn sie mir – dem vermeintlichen Macker aus besseren Zeiten – die Klunkern gegeben hätte."

„Sie hat den Schmuck nicht mehr."

„Das Märchen kenne ich. Sie hat's Pollner am Telefon vorgesäuselt. Soll ich mal lachen? Hahahah . . ."

„Es ist die Wahrheit. Margot Glitter händigte den Schmuck der GHV aus und erhielt dafür 200 000 D-Mark, was damals viel Geld war."

„Hahahah! Einer unserer harten Jungs war bei der GHV. Als Reporter von der Mittags-Zeitung hat er keine schlechte Figur gemacht. Die Vorzimmerbiene war ganz verrückt nach ihm. Jedenfalls erzählt er das. Aber von dem Geschmeide weiß man dort nichts. Alles Schwindel! Die Glitter hat das Zeug noch. Also, wo ist sie?"

Gunter überlegte. Sollte er den wahren Sachverhalt aufdecken und Dietsch preisgeben, den Betrüger?

Es konnte Dietsch das Leben kosten, wenn sich die harten Jungs, die sogenannten, um ihn kümmerten. Nein!

Gunter preßte die Kiefer zusammen und schwieg.

Nante bewegte die Pistolenhand. „Du bildest dir wohl ein, du hättest Nerven wie Stahltrossen, wie?"

„Wenn du mich erschießt, Nante, erfährst du nicht, wo die Glitter ist. Du erfährst dann überhaupt nichts."

„Ewig kann sie sich nicht verstecken. Taucht sie auf, greifen wir zu. Daß du mir jetzt ihre neue Adresse verrätst, kürzt nur unsere Wartezeit ab."

Zeit gewinnen! dachte Gunter. Verdammt! Warum gibt sich der Kerl keine Blöße?

Er stand vier Schritte entfernt. Unverwandt war die Pistolenmündung auf Gunter gerichtet.

„Du willst nicht, Rehm?" Ein kaltes Glitzern trat in Nantes Augen.

„Was ich dir über Margot Glitter gesagt habe, stimmt. Sie hat den Schmuck nicht mehr. Aber ich weiß, wem sie das Zeugs damals für eine halbe Million verkaufte. Ich weiß auch, daß der Mann den Schmuck noch besitzt."

„Interessant! Und weiter?"

„Mein Vorschlag ist: Ich bringe dich hin zu dem Mann. Dann seht zu, wie ihr einig werdet. Als Gegenleistung erwarte ich, daß du mich laufen läßt. Du bist dann am Zug. Du und deine harten Jungs haben erreicht, was sie wollen. Mir geht's nur darum, daß Margot Glitter heil bleibt. Klar?"

Nante grinste. „Bist ihr Macker, wie?"

Gunter erwiderte das Grinsen, vielsagend und stumm.

Nante dachte nach. Sein Blick wurde ausdruckslos.

Er wird nicht darauf eingehen, dachte Gunter. Mist! Das heißt, ich muß Kopf und Kragen riskieren, ihn anspringen und . . .

„Also gut!" sagte Nante. „Bring mich hin!"

Gunter verkniff sich ein Grinsen.

„Freu dich nicht zu früh, Rehm! Mich legst du nicht rein. Falls das eine faule Kiste ist, blase ich dir deinen Grübelglibber (*Gehirn*) durch die Schädeldecke. Logo (*klar*)?"

„Ich habe nichts vor."

„Wir nehmen meinen Wagen, Rehm! Dein Saab bleibt hier. Los!"

Sie traten hinaus in die Nacht.

Gunter schloß das Haus ab.

Ständig war die Pistole auf ihn gerichtet.

Nante blieb drei Schritte hinter ihm.

„Mein Wagen, Rehm, steht in der ersten Querstraße links. Und ich sag's nochmal: Bilde dir nicht ein, du könntest mich übertölpeln!"

Abwarten! dachte Gunter.

10. Flucht auf den Friedhof

Raimond Duval litt unter Schlaflosigkeit. Manchmal sah man das seinem grauen Gesicht an. Nur die Haifischaugen waren nie müde, sondern stechend und zu jeder Zeit voller Mißtrauen.

Tief im Innern seiner schwarzen Seele ahnte er, daß es Ängste waren, die seinen Nerven die Ruhe nahmen. Aber er konnte die Wurzel dieser Unruhe nicht ausreißen. Was einmal geschehen war – vor 22 Jahren –, ließ sich nicht ändern.

Es war Mitternacht – vielleicht die beste Zeit für ein Abenteuer in einer fremden Stadt. Nur wenn er sich ablenkte, konnte er den Gespenstern seiner Vergangenheit entfliehen.

Er hatte schon im Bett gelegen, zog sich wieder an, verließ sein Zimmer im Hotel HOFGARTEN und fuhr mit dem Lift hinunter.

In der Halle herrschte immer noch Kommen und Gehen.

Eine Dame mit violettgefärbtem Haar stand an der Rezeption und behauptete lauthals, ein Mann habe versucht, in ihr Zimmer einzudringen. Der Nachtportier, ein Oberkellnertyp mit starrem Lächeln, sprach beruhigend auf sie ein.

Duval wartete abseits, bis der Portier frei war.

„Für Sie!" Er steckte ihm einen Schein in die Hand. Und der Portier gestattete sich ein wissendes Lächeln.

Duvals graues Gesicht blieb unbewegt.

„Sie können mir sicherlich einen Tip geben, wo ich den Rest der Nacht gut verbringe."

Der Portier beugte sich vor. „Ich weiß für jeden Geschmack etwas. Aber ich müßte Ihren Geschmack kennen, mein Herrn."

„Nun . . . gelegentlich . . . Wie sagt man hier? Bei uns in Brüssel sagt man shit (*Haschisch*). Gelegentlich darf man davon naschen, nicht wahr? Aber in gediegener Umgebung! Bitte, kein gewöhnliches Lokal! Keinen miesen Nachtschuppen mit billiger Ware!"

Sieh einer an! dachte der Portier. Auch dieser Dürrgemüse-Opa hat sein Laster.

Er nickte, nahm ein ledergebundenes Notizbuch aus der Tasche, blätterte und murmelte: „Sie wollen sicherlich nicht weit fahren."

Er legte den Finger zwischen zwei Seiten und kritzelte, über den Tresen gebeugt, die Adresse auf einen Zettel.

„Es genügt, mein Herr, wenn Sie sich auf Georg berufen." Er lächelte. „Sie können zu Fuß gehen. Es ist nur ein paar Straßen entfernt. Darf ich mir erlauben, Ihnen viel Spaß zu wünschen."

Duval nickte. Er las die Adresse und steckte den Zettel ein.

Die Nacht war heiß, aber stürmisch. Der Wind trieb Staubwolken vor sich her.

Vor dem Hotel blieb Duval einen Moment an der Bordkante stehen.

War es vernünftig, was er vorhatte? Andererseits kannte er sich. Die Unruhe marterte ihn. Er hatte Angst vor der Nacht, vor dem Alleinsein, vor dem Herumwälzen im Hotelbett und der vergeblichen Hoffnung, die Schlaftablette werde endlich wirken.

Er stieß die Hände in die Taschen und ging die Straße entlang. An der Ecke verhielt er, um auf den Zettel zu sehen. Wie lautete die Adresse?

Es herrschte wenig Betrieb.

Den Mercedes, der ihm gefolgt war, bemerkte er nicht.

Es war derselbe Wagen, mit dem Wasen – das vierschrötige Rotgesicht – Pollner abgefangen hatte, nach dessen Entlassung aus dem Knast.

Wasen saß hinterm Lenkrad. Vorgebeugt starrte er durch die Windschutzscheibe auf Duvals hagere Gestalt.

„Der sucht was", sagte Kleef.

„Sieht so aus."

Kleef hockte auf dem Beifahrersitz. Mit dem Daumennagel kratzte er sich im fuchsroten Stoppelhaar.

„Schnappen wir ihn!" meinte er. „Hier merkt's kein Aas."

„Bist du lebensmüde? Das nächste Bullenrevier ist gleich um die Ecke."

„Na und?" Kleef lachte. „Das sind doch Beamte! Die schlafen. Wenn ich sonst keinen Parkplatz finde, stelle ich neben dem Revier meinen Schlitten ins Halteverbot. Aufgeschrieben hat mich noch keiner."

Wasen sah in den Rückspiegel. „Auf deine Verantwortung. Die Straße ist frei."

Im Leerlauf ließ er den Wagen ausrollen.

Sie waren jetzt auf gleicher Höhe mit Duval, fast neben ihm.

Er ging langsam, hatte den Blick auf die Hausnummern gerichtet. Er hörte das Zischen der Reifen neben sich, ahnte aber nichts Böses.

Kleef stieß die Tür auf und sprang ins Freie. Mit einem Satz war er hinter dem Belgier.

Die Hand mit dem Totschläger zuckte hoch.

Lautlos sackte Duval in die Knie. Er war schon bewußtlos.

Kleef fing ihn auf, bevor er aufs Straßenpflaster stürzte.

Duval wurde in den Fond gestoßen und streckte sich schief auf den Rücksitz. Kleef sprang in den Wagen.

Wasen fuhr an und trat das Gaspedal durch. Reifen jaulten. Eine Abgaswolke hing hinterm Auspuff. Schlingernd stob der Wagen um die Ecke zur Rittenberg-Straße.

„Mensch!" schimpfte Kleef. „So weckst du die Bullen. Willst du unbedingt auffallen?"

„Erstmal weg hier!"

Wenig später kam ihnen ein Streifenwagen entgegen. Wasen fuhr vorschriftsmäßig. Kleef schielte zum Rücksitz. Aber Duval rührte sich nicht. Sein Atem ging stoßweise. Das Gesicht wirkte noch grauer.

Wasen schlug einige Haken, dann die Richtung ein zum RED ROSE-Nachtklub.

„Ist clever vom Chef, daß wir Duval auf diese Weise aus-

nehmen", meinte Kleef. „Dem machen wir klar, daß er nur dann eine Überlebenschance hat, wenn er seinen Zaster von der Bank holt. 600 000, Erich! Die haben wir jetzt sicher. Wenn wir außerdem die Klunkern noch kriegen – um so besser!"

„Dann machen wir das zweite Geschäft", grinste Wasen, „und können uns zur Ruhe setzen."

In der Straße, wo der Nachtklub lag, ging es ruhig zu. Im RED ROSE war sicherlich gähnende Leere.

Immer weniger Gäste lassen sich das Fell über die Ohren ziehen, dachte Wasen. Unsere Zukunft liegt woanders, nicht in dem Schuppen. Braddy weiß das natürlich! Gut, daß wir

noch andere Eisen im Feuer haben – und nicht nur von der Pinte leben. Wäre es nur das, müßten wir die Zecher mit dem Lasso einfangen.

Rechts um die Ecke war eine Toreinfahrt. Sie führte auf einen Hinterhof, der zum Nachtklub gehörte.

Wasen lenkte den Wagen dorthin.

Im Schutz der Dunkelheit zerrten sie Duval vom Rücksitz.

Sein Gesicht war geisterhaft blaß. Er rührte sich nicht und hielt die Augen geschlossen.

„Der verstellt sich!" knurrte Wasen und klatschte ihm die flache Hand ins Gesicht.

Duvals Kopf flog hin und her.

„Laß ihn", meinte Kleef. „Der ist noch groggy."

Sie hoben ihn an, überquerten den Hof und trugen den Bewußtlosen zu einer Hintertür.

Wasen schloß auf und knipste das Licht an. Von einem Gang zweigten Türen ab. Gedämpft durch mehrere Wände hörte man Musik aus dem Nachtklub.

„Wir schließen ihn ein", sagte Wasen. „Nante soll ihn bearbeiten. Dem macht das Spaß. Der Chef weiß schon, warum er ihm das zuschiebt. Nante hat den richtigen Brass im Blues (*Wut im Gemüt*). Ist der Richtige für sowas."

„Nante ist noch unterwegs, um diesen Rehm auszuhorchen."

„Na und? Solange kann das nicht dauern."

★

Es war ein dunkler Ford. Gunter blieb neben der Fahrertür stehen.

Nante lehnte am Heck. In der Hand hielt er die Pistole. Niemand war in der Nähe, kein Licht hinter den Fenstern der Häuser. Der Platz war günstig gewählt.

Nante zog den Schlüssel aus der Tasche und warf ihn Gunter vor die Füße.

„Schließ auf! Dann öffnest du die linke Hintertür. Du setzt dich ans Lenkrad. Klar? Wohin geht die Reise, Rehm?"

Gunter lächelte. „Damit du mich wegpustest und allein fährst, wie? Nein, Nante! Ich bringe dich hin. Die Gegend ist ziemlich belebt. Dort dürfte es dir schwerfallen, mich auszuschalten. Ich möchte gern unbeschadet die Nacht überstehen."

„Belebt? Was heißt das? Willst du zum Hauptbahnhof?"

„Zu einer Bar", behauptete Gunter. „Der Mann, der den Schmuck gekauft hat, ist dort Stammgast. Wahrscheinlich treffen wir ihn an. Wenn nicht – dann werden wir unsere Interessen neu abstimmen."

„Versuch nicht, mich reinzulegen, Rehm!"

Gunter rutschte hinters Lenkrad.

Am Wippen der Federung merkte er, wie Nante sich hinter ihn setzte. Jetzt kam's darauf an.

Mit dem Zündschlüssel fuhrwerkte Gunter am Schloß herum. Scheinbar unabsichtlich ließ er ihn fallen.

„Was ist?“ schnauzte der Ganove.

„Ich hab' den Schlüssel verloren.“

Gunter suchte auf der Fußmatte, schob rasch das Hosenbein hoch und zog Toms fidschijanisch-musopolynes Käsemesser aus der Lederscheide. Er richtete sich auf und klemmte es unter den Schenkel.

„Wird's bald!“ sagte Nante.

Gunter startete den Wagen. Langsam fuhren sie in Richtung Innenstadt. Die Nacht war mondlos und dunkel. Alle Welt blieb daheim. Die Straßen waren leer.

„Also wohin?“ löcherte ihn Nante erneut.

„Du wirst es schon sehen.“

Dann kehrte Schweigen ein.

Im Rückspiegel beobachtete Gunter das hagere Gesicht. Gespannte Aufmerksamkeit stand in Nantes Augen. Er hielt die Pistole schußbereit. Einmal berührte die kalte Mündung Gunters Genick. Es war, als hätte der Tod ihn gestreift.

Als sie an einer Telefonzelle vorbei kamen, knurrte Nante: „Fahr rechts ran! Halte! Genau vor der Zelle!“

Gunter gehorchte.

„Her mit dem Zündschlüssel!“

Der Motor verstummte. Gunter reichte den Zündschlüssel über die Schulter nach hinten.

Wieder berührte die Pistolenmündung sein Genick. Nante nahm den Schlüssel.

„Rück nach rechts, auf den Beifahrersitz!“

Gunter rutschte hinüber. Mit einer Hand hielt er das Messer am Schenkel fest. Das sah aus, als verhindere er, daß er mit der Hose an der Handbremse hängenblieb.

„Kurbel das Fenster auf!“ befahl Nante. „Dann rührst du

dich nicht. Ich lasse die Zellentür offen. Wenn du 'nen Trick versuchst, lege ich dich um. Hier! Damit du nicht glaubst, daß ich spaße."

Er hielt die Pistole so, daß Gunter sie sehen konnte. Sie war gewachsen. Jedenfalls hatte der Lauf sich verlängert. Er trug jetzt einen klobigen Aufsatz.

„Das ist ein Schalldämpfer", sagte Nante durch die Zähne. „Kein Mensch hört 's, wenn ich dir eine Kugel verpasse. Denk daran und sei vorsichtig, Mann!"

Er stieg aus, schob die Pistolenhand unter die Windjacke und lief zum Telefon. Mit dem Fuß hielt er die Tür offen. Er telefonierte mit einer Hand, der linken. Den Hörer klemmte er sich zwischen Schulter und Ohr. Keinen Blick ließ er von Gunter.

Die Verbindung kam zustande.

„Erich, hier ist Nante! Gib mir den Chef. Was . . . Natürlich geht das. Es ist wichtig. Oder glaubst du, ich rufe an, weil ich wissen will, wie spät es ist!"

Eine halbe Minute verging. Dann: „Chef, ich bin mit Rehm am Ost-Friedhof. Rehm will sich freikaufen. Er hat begriffen, daß er nicht überlebt, wenn er den Helden spielt. Er bringt mich zu dem Mann, der damals den Schmuck von der Glitter gekauft hat. Wahrscheinlich treffen wir den in einer Bar. Rehm zeigt ihn mir erst, wenn wir dort sind. Ja, das ist es! Ich kann allein nicht überprüfen, ob er mich abblocken will. Ich brauche Verstärkung. Schick mir Thorsten oder Erich, ja? Wir warten an der Ecke zur Bleibetreu-Straße. Da ist es belebt. Da fallen wir nicht auf. Gut!"

Er legte auf.

Die Straße, in der sie waren, verlief am Ost-Friedhof. Eine Hecke begrenzte ihn, aber sie war überall durchlässig wie ein verrotteter Zaun.

Ohne den Kopf zu bewegen, suchten Gunters Blicke die Gegend ab.

Keine Menschenseele. Die Häuser drüben auf der anderen

Straßenseite waren dunkel, nur hinter wenigen Fenstern brannte Licht. Von dort war keine Hilfe zu erwarten.

Nante kam zum Wagen.

Gunter gähnte und schien schlaff auf dem Sitz zu hängen.

Nante beugte sich zum geöffneten Fenster. Für einen Moment ließ seine Wachsamkeit nach. Die Pistole wies zu Boden und nicht auf Gunter.

„Du hast gehört, Rehm, was . . .“

Gunters Hand zuckte hinaus.

Die schmale Klinge funkelte im Licht der Telefonzelle.

Nante brüllte auf, als die Messerspitze durch seinen Ärmel fuhr.

Gunter stieß nur so fest zu, wie es unbedingt nötig war. Daß Nante die Waffe fallen ließ – nur darauf kam es an. Unnötig verletzen wollte er ihn nicht.

Der Stahl drang in den Unterarm.

Nante gröhlte wie am Spieß.

Scheppernd fiel die Pistole zu Boden, schlug auf Metall und machte noch zweimal kling-klang, als verschwinde sie in einem Eimer.

In derselben Sekunde warf der Ganove sich herum. Blitzartig hatte er begriffen, daß sein Spiel verloren war – er ohne Ballermann keine Chance hatte. Der Schmerz im Unterarm zündete. Wie ein Raketentreibsatz wirkte sich das aus. Nante machte einen windhundstarken Abgang, sauste nämlich wie ein Geistesblitz in die Landschaft – an der Telefonzelle vorbei, Richtung Friedhof, ab in die Hecke.

Als Gunter den Schlag aufstieß, war der Unterweltler schon zwischen den Gräbern und nicht mehr zu sehen.

Gunter folgte ihm nicht. Es war sinnlos. Schlimm genug, daß der Kerl Gräber zertrampelte und – vermutlich – blindlings Kreuze umriß.

Gunter lehnte sich an den Wagen. Ihm war übel. Der Schreck war überstanden, hallte aber jetzt nach. Außerdem hatte er einen Menschen verletzt. Mit dem Messer. Es war

Notwehr, natürlich, aber trotzdem kein Spaß, sondern ihm aus tiefster Seele verhaßt.

Er legte das Messer in den Fond und suchte nach Nantes Pistole. Sie war nirgends zu sehen. Dann bemerkte er den Gully (*Senkkasten am Fahrbahnrand*), ahnte, was Sache war, und beugte sich über die Metallrippen des Gitters. Der Wagen stand unmittelbar daneben. Der Gully befand sich unter der geöffneten Tür.

Das erklärte das metallische Geräusch, als die Pistole zu Boden fiel. Kling-klang. Schepper. Kloing.

War sie durch das Gitter geruscht?

Sie war. Er sah sie. Metertief unter dem Gitter lag sie im Senkkasten. Lag nicht, nein, steckte vielmehr – mit dem Schalldämpfer voran – in Schlamm und fauligem Laub.

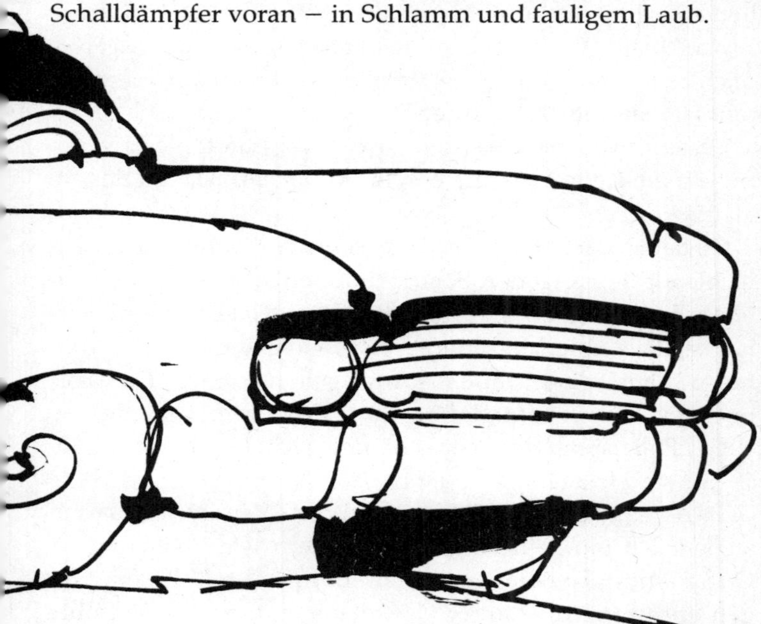

Sie war unerreichbar für Gunter, aber auch für jeden anderen.

Ein Wagen näherte sich und hielt hinter dem Ford. Gunter wandte sich um.

Klar! dachte er. Jetzt kommen sie. Leider fünf Minuten zu spät. Wenn man sie braucht . . . naja, will nicht ungerecht sein. Woher sollten sie wissen, daß ich an Leib und Leben bedroht war? Hoppla, was ist jetzt?

Es war ein Streifenwagen. Die beiden Uniformierten sprangen ins Freie. Der eine hielt seine Dienstwaffe in der Hand.

„Polizei!" rief er. „Bleiben Sie stehen!"

Gunter hob die Hände. Himmel! dachte er. Will denn heute nacht jeder auf mich schießen? Was ist nun kaputt?

„'n Abend, Wachtmeister! Ich habe gar nicht die Absicht, mich zu entfernen. Im Gegenteil! Sie kommen mir wie gerufen. Hat Sie gemand gerufen?"

„Auch noch frech werden, was?" vermutete der zweite. Zu seinem Kollegen sagte er· „Exakt, Jochen. Das ist der geklaute Ford."

Geklaut? dachte Gunter. Na, logisch! Nante wird mich nicht mit dem eigenen Schlitten abholen, damit ich später übers Kennzeichen die ganze Bande aufrolle. Andererseits hat er sich wohl nicht träumen lassen, daß die Ordnungshüter so schnell sind. Hätte ins Auge gehen können. Da hat er noch Schwein gehabt, daß es nur in den Unterarm ging.

Der Polizist mit der Pistole näherte sich.

„Sie sind festgenommen, bis . . ."

„Moment!" fiel ihm Gunter ins Wort. „Um gleich klarzustellen: Ich bin kein Autodieb, sondern wäre beinahe das Opfer eines Ganoven geworden, der mich mit diesem Wagen entführt hat – unter Gewaltanwendung. Er bedrohte mich mit seiner Pistole. Eben konnte ich ihn abwehren. Leider ist er geflohen. Aber er hat seine Waffe verloren. Sie liegt hier im Gully. Im übrigen bringen Sie mich bitte zu Kommissar Loeben – oder verständigen Sie ihn, falls er zu Hause ist. Loeben weiß in der Sache Bescheid."

Eine halbe Stunde später traf Gunter im Polizei-Präsidium mit dem Kommissar zusammen. Der Fall hatte Ausmaße angenommen, die sich nicht mehr verschweigen ließen. Gunter informierte Loeben über alles, bat aber darum, Margot Glitter herauszuhalten, sofern das möglich war. Der Kommissar versprach das. Was Nante betraf, fischte er völlig im Trüben. Ihm war kein Ganove dieses Spitznamens bekannt, auch kein Erich und kein Thorsten.

„Es müssen Ganoven sein, die sich bisher geschickt im Verborgenen hielten", meinte er. „Aber schließlich kennen wir Pollner. Der entgeht uns nicht. Und sobald wir ihn haben, kommen wir auch an die anderen ran."

„Hoffentlich erwischen Sie ihn bald", nickte Gunter. „Übrigens vielen Dank für sein Foto. Gesehen habe ich 's noch nicht. Aber das hole ich jetzt nach."

Loeben veranlaßte, daß rund um den Ost-Friedhof nach Nante gesucht wurde. Leider mit Null-Erfolg. Der Ganove war längst abgeflattert in sichere Gefilde.

★

Immer wieder sagte sich Margot: Kein Grund zur Unruhe! Überlaß alles Gunter Rehm und den jungen Detektiven. Aber an diesem Abend wurde sie von Unrast getrieben.

Im Landgasthof war sie der einzige Gast. Die Wirtin kümmerte sich in netter Weise um sie. Das Essen war vorzüglich. Aber Margot hatte keinen Appetit.

Später saß sie im Fernsehraum. Die Sendungen konnten ihr Interesse nicht fesseln. Sie ging hinauf in ihr Zimmer, öffnete die Balkontür und sah auf den See. Sie hörte das Fauchen des Windes. Schilf raschelte. Unter anderen Umständen wäre der Aufenthalt himmlisch gewesen. Aber jetzt setzten Furcht und Alleinsein ihr zu.

Warum meldete Gunter Rehm sich nicht?

Gegen 23 Uhr entwickelte sich ihre Unruhe zur Panik.

Sie griff zum Telefon und wählte die Rehmsche Nummer. Es läutete ein Dutzend mal. Niemand hob ab.

Zwischen Balkontür und Telefon tigerte Margot hin und her. Böse Ahnungen quälten sie. Ihre Nerven rasteten aus.

Da war was passiert. Bestimmt! Hatte Pollner doch die Spur aufgenommen? War er ihnen hierher gefolgt? Hatte er die Beschützer ausgeschaltet und lauerte jetzt unten in der Dunkelheit?

Sie rannte auf den Balkon, machte kehrt, löschte das Licht im Zimmer, beugte sich dann übers Balkongeländer und starrte hinunter in die Dunkelheit.

In der Gaststube brannte noch Licht. Rings ums Haus waren Büsche gepflanzt. Der Wind bewegte die Zweige. Der Schatten dort – war das eine Gestalt? Nein, ein Zweig!

Margot strengte die Augen an, konnte aber nichts Verdächtiges wahrnehmen.

Abermals rief sie bei den Rehms an – wieder ohne Erfolg. Eine Viertelstunde später ein drittes Mal. Dann lief sie in die Gaststube hinunter.

Die dralle Wirtin war noch in der Küche beschäftigt, hörte Margot und kam herein.

„Frau Schäfer, ich muß in die Stadt zurück. Bekomme ich hier ein Taxi?"

„Das ist leider unmöglich, Frau Glitter. Um diese Zeit jedenfalls." Die Wirtin zögerte kurz, ehe sie anbot: „Aber Sie können meinen Zweitwagen nehmen. Bleiben Sie lange?"

„Nur auf einen Sprung. Paßt der Zimmerschlüssel zur Haustür? Gut! In zwei Stunden bin ich zurück. Vielen Dank!"

Es war ein altes VW-Cabrio. Der Wind pfiff durchs Verdeck.

Hoffentlich keine Rieseneselei von mir! dachte Margot. Aber . . . ja, ich muß wissen, was los ist. Sonst kann ich kein Auge schließen.

Erst unterwegs ordnete sie ihre Gedanken.

Himmel, wohin will ich überhaupt? Wenn niemand ans Telefon geht, ist auch niemand zu Hause! Dann kann ich gleich umkehren. Oder – sind sie inzwischen zurückgekommen?

Sie war jetzt näher an der Stadt als an Klein-Pöniken. Also fuhr sie weiter – zur Rehmschen Adresse.

Dort war alles dunkel. Zwar stand der Saab vor der Garage. Aber sie läutete vergebens.

Eine Weile saß sie unschlüssig im Wagen. Dann trat sie die Rückfahrt an. Daß sie in der Nähe ihrer Wohnung vorbei kam, war verhängnisvoll – verleitete sie nämlich zu einem unüberlegten Schritt.

Vielleicht sind die drei bei mir, überlegte sie, um dort auf Pollner oder seinen Komplicen zu warten? Ja, bestimmt! So wird's sein. Rein können sie. Rehm hat einen der Zweitschlüssel. Und jetzt soll meine Wohnung für Pollner und Konsorten zur Falle werden.

Sie fuhr in die West-Straße.

Vor Nr. 101 waren die Bordkanten vollgeparkt. Sie mußte ein Stück weiterfahren, um eine Lücke zu finden. Durch die menschenleere Straße ging sie zurück. Sie sah zu ihren Fenstern hinauf. Daß dort alles dunkel war, wunderte sie nicht. Das mußte ja sein, wenn die Falle zuschnappen sollte.

Vor der Haustür angekommen, stellte sie fest, daß sie den Schlüssel – den dritten zu Wohnung und Hauseingang – vergessen hatte. Er lag im Landgasthof.

Also läutete sie bei Kastenhuber, dem Hausmeister.

Er öffnete ihr, ein noch ziemlich junger Kerl mit unstetem Blick und unterwürfigem Benehmen. Margot mochte ihn nicht. Sie spürte die Hinterhältigkeit hinter seiner freundlichen Maske, hatte aber keinen Grund, sich über ihn zu beklagen.

Er wirkte verschlafen und trug einen Bademantel unbestimmbarer Farbe.

„Nanu, Frau Glitter? Schon zurück? Ich dachte, Sie bleiben länger."

„Ich will nur was aus der Wohnung holen. Leider habe ich den Schlüssel vergessen."

„Ach so. Macht nichts. Sie sind noch in der Stadt?" erkundigte er sich scheinheilig.

„Bei Bekannten", erklärte sie ausweichend. Wo sie sich tatsächlich aufhielt, hätte sie niemandem verraten. Das hatte Gunter ihr eingeschärft.

„Haben Sie auf meine Wohnung geachtet?"

Kastenhuber wußte, daß ein Unbekannter den Schlüssel gestohlen hatte. Vorfälle dieser Art mußten ihm gemeldet werden – damit er seiner Aufsicht genügen konnte.

„Bis jetzt hat niemand versucht, Ihre Wohnung zu plündern", grinste er. „Bevor ich mich hinlegte, war ich nochmal oben. Es ist alles in Ordnung."

Sie nickte. Daß Locke, Tom und Rehm mit einem der Zweitschlüssel reinkonnten, sagte sie ihm nicht.

Sie steckte Kastenhuber ein Trinkgeld zu.

„Zu liebenswürdig", schleimte er. „Aber das ist doch nicht nötig. Für Sie, Frau Glitter, arbeite ich auch ohne Entgelt."

Er riß die Lifttür für sie auf.

„Eingebildete Zicke!" murmelte er, als der Lift aufwärts schwebte und außer Hörweite war. „Die Jungs werden schon wissen, warum sie dich im Visier haben."

Er schlurfte in seine Wohnung zurück. Das Telefon stand auf der Fensterbank. Seine Hände schwitzten vor Aufregung, als er den Hörer abnahm. Augenblicklich nachdem er gewählt hatte, meldete sich der Teilnehmer.

„Hallo, Kleef! Ich bin's, Kastenhuber. Sie ist eben zurückgekommen. Nein, allein! In der Wohnung oben ist keiner. Ich war vor fünf Minuten drin. Mit meinem Generalschlüssel geht das. Wozu bin ich der Hausmeister!"

Er lauschte auf Kleefs Antwort. „Geht in Ordnung", meinte er dann. „Ich lasse die Haustür offen. Aber vergiß

Hallo Kleef!

nicht, die 500 Mark mitzubringen. Schließlich riskiere ich was, wenn ich euch mit taufrischen Neuigkeiten versorge. Gut, bis gleich."

Er legte auf, wischte mit dem Ärmel über sein schwitzendes Fuchsgesicht und ging in die Küche, um sich ein Bier einzugießen.

11. Nächtliche Fahrt mit der Bombe

Draußen stürmte heißer Wind. Aber im Hause Conradi machte sich Behaglichkeit breit wie eine Katze mit flaumigem Pelz.

Locke lag im Bett – im Gästebett, das ihr gleichwohl vertraut war wie das eigene. Helga, nebenan, hatte schon vor einer halben Stunde das Licht gelöscht. Tom pennte – oder auch nicht – schräg gegenüber, und die Sommernacht rieb ihre samtschwarze Haut an der Fensterscheibe.

Locke blickte in die Dunkelheit und hörte, wie der Wind mit den Blättern spielte. Seit einer Stunde wartete sie darauf, daß ihr Papi endlich käme. Oder war er schon da? Vernommen hatte sie nichts. Das beunruhtigte sie.

Sie schloß die Augen, öffnete sie wieder, wußte, daß alle guten Vorsätze, im Bett zu bleiben, nutzlos waren, und stand auf.

Sie trug ein Nachthemd von Helga. Der Blauton war zwar für eine Blondine wie Helga bestimmt, kleidete aber Locke nicht minder.

Ohne Licht zu machen, schlüpfte sie auf den Flur.

Auch bei Mike, der das Gästezimmer am Ende des Flurs bezogen hatte, triumphierte das Sandmännchen.

Und Tom – schräg gegenüber, wie gesagt – löschte eben das Licht. Jedenfalls färbte sich der Lichtstreifen unter seiner Türritze schlagartig schwarz.

Gunter Rehms Platz hier im Hause wäre – hätte er mit Anwesenheit geglänzt – in der anderen Hälfte des Doppelbetts, also neben Helga gewesen. Das war völlig in Ordnung, denn sie war nicht nur seine Liebste, sondern auch zukünftige Frau. Und es war durchaus möglich, daß er sich lautlos – um ihren wohlverdienten Schlaf nicht zu stören – hineingeschlichen hatte.

Aber selbst das hätte Locke vernommen. War sie doch überzeugt von der Qualität ihrer Luchsohren.

Sie huschte die Treppe hinunter.

Heißer Atem streifte ihre Hüfte. Lautlos tauchte Nicki aus der Dunkelheit auf. Mit kühler Nase stupste er sie an.

„Komm, Nicki", flüsterte sie. „Wir sehen mal nach, ob das Herrle schon da ist. Dann müßte nämlich unser Wagen vor der Garage stehen. Wenn aber nicht . . ."

Der treue Vierbeiner begleitete sie zur Haustür.

Ein Blick genügte. Nichts! Kein Saab. Gähnende Leere vor der Garage. Nichts – außer dem Odem (*Atem*) der Sommernacht, der mit drei Atü (*Überdruck-Einheit*), schätzungsweise, durch die Gärten zischte.

Locke flitzte die Treppe hinauf.

Sie klopfte bei Tom. Aber der rührte sich nicht.

Sie öffnete die Tür einen Spalt. Nicki schoß hinein ins Zimmer.

Im nächsten Moment grunzte Tom wütend. Er hatte von Locke geträumt. Auch Nicki bemühte sich um Zärtlichkeit, als er ihm übers Gesicht schleckte. Aber zusätzlich stemmte er eine seiner gewaltigen Vorderpfoten auf Toms Brust.

Das beendete die Einschlafphase.

„Bist du wach?" wisperte Locke von der Tür her.

„Ja . . .a . . . ah! Ouuuhhh, ist der Köter aufdringlich!"

„Der Köter ist dein lieber Hund, du Schrottscherbe!"

Toms Bett knarzte. Dann flammte seine Nachttischlampe auf.

„Was iss'n?" erkundigte er sich gähnend.

Locke schloß die Tür hinter sich.

„Gunter ist noch nicht da. Aber er müßte längst da sein."

„Wieso?"

„Ja, das frage ich mich auch."

„Ich meine, vielleicht hat er sich doch entschlossen, zu Hause zu schlafen."

„Das glaubst du doch selbst nicht!"

„Ist Helga beunruhigt?"

„Ich glaube, sie schläft."

„Kein Wunder." Tom kratzte sich in den blonden Locken. „Sie ist so überarbeitet wie 5000 Überstunden. Wer ein krankes Viech hat, kommt zu ihr. Aber wecken wir sie mal lieber nicht. Sie träumt sicherlich, Gunter läge im Bett nebenan. Warum weckst du mich eigentlich, Schatzi?"

„Ich bin beunruhigt."

Tom seufzte, schlug die Decke beiseite und stand auf. Er trug zwar keine Pyjama-Jacke, die Hose aber immer.

„Rufen wir mal an", schlug er vor, „dann klärt sich die Sache."

Aber da irrte er sich, denn das Rehmsche Telefon läutete und läutete, aber niemand hob ab.

Locke raffte schon das Nachthemd, um in ihr Zimmer hinaufzueilen.

„Ich fahre nach Hause und sehe nach."

„Fahren? Womit?"

„O je! Du hast recht. Unsere Motorroller stehen beide in unserer Garage."

„Wir könnten Mikes Feuerstuhl nehmen", zischelte Tom. „Blitz und Donner! Das ist doch ein – menschlich überzeugender – Grund, um mit dieser Ein-Liter-Rakete durch die City zu geigen. Von amtswegen darf ich das zwar erst in zwei Jahren. Aber sehe ich nicht aus wie 18! Und technisch bin ich perfekt, nämlich in erster Linie vorsichtig. Du mußt dich nur gut an mir festklammern."

Fünf Minuten später waren sie angezogen, verließen leise das Haus und schoben Mikes Maschine aus der Garage.

Tom startete so geräuscharm wie möglich. Locke grätschte auf den Soziussitz. Aus lieber Gewohnheit hatte sie auch jetzt nicht auf den Strohhut verzichtet. Am langen Schulterriemen hing ihre Umhängetasche.

Tom fuhr brillant. Daß etwa 600 Meter vor dem Ziel der Motor zu stottern begann und dann seinen Geist aufgab, war wirklich nicht seine Schuld.

„Sch . . . ade!" fluchte er. „Kein Benzin mehr. Das war der

letzte Tropfen. Mike, du Nachtwächter! Warum tankst du nicht rechtzeitig?"

„Das Stück werden wir wohl zu Fuß schaffen, wie?"

Während Tom die Maschine am Rinnstein aufbockte, stiefelte Locke schon voran.

Tom holte sie ein. „Himmel, das ist doch was! So eine Mühle! Dagegen ist mein Hirsch flügellahm. Von deinem Hilfsmotor-Fahrzeug mal gar nicht zu reden."

„Mir genügt mein Hirschkalb. Bin schließlich kein Schrottler (*Motorbastler*)!"

Tom legte ihr den Arm um die Schultern.

„Wenn Papi sagt, daß er zurückkommt, kommt er zurück", überlegte Locke laut. „Niiie würde er aus Bequemlichkeit zu Hause pennen – einfach so. Irgendwas ist passiert, Tom. Wahrscheinlich Zoff im Karton (*Ärger in der Umwelt*)."

„Um Gunter habe ich nun wirklich keine Sorge. Wenn einer sich helfen kann, dann . . ." Er stockte. „Heh!"

In diesem Moment sah auch Locke den Mann.

Im Laufschritt verließ er das Rehmsche Grundstück, das – umhüllt von Dunkelheit – in der Sommernacht schlief.

Es war ein mittelgroßer Typ, bärtig offenbar und dunkel gekleidet.

In entgegengesetzter Richtung lief er die Straße hinab. Dort sprang er in einen hellen Opel, der, mit der Nase stadtauswärts, am Bordstein gewartet hatte.

Die Scheinwerfer flammten auf. Ohne Hast entfernte sich das Fahrzeug.

„Los!" Tom spurtete schon. Locke konnte kaum folgen.

Als sie vor der Gartenpforte ankamen, lag alles in tiefstem Schlaf. Dunkel die Fenster, dunkel die Einfahrt. Der Saab vor der Garage. Stille und Frieden.

Tom rannte zum Haus und drückte auf die Klingel.

Zitternd fischte Locke den Schlüssel aus der Schultertasche.

Niemand kam, um zu öffnen.
Aber Locke schloß bereits auf und stürmte ins Haus.
„Papiii! Wir sind 's! Papiii!“
Tom hielt sich nicht auf mit Geschrei, sondern rannte durch sämtliche Räume.
„Er ist nicht da. Nur der Wagen. Aber dieser Typ hat was angestellt. Wir müssen ihn einholen, Locke!“
„Den? Spinnst du? Wie denn? Der fuhr doch im Wagen ab. Willst du ihn zu Fuß . . .“
„Nicht zu Fuß, Schatzi, sondern mit 'ner Menge PS. Versuchen müssen wir 's.“
„Aber Mikes Tank ist doch leer.“
„Wer redet denn von diesem saftlosen Zweirad. Ich meine den Saab?“
„Aber . . .“
„Komm!“
Tom hechtete zum Schlüsselbrett, wo nicht nur die Haus- und Zimmerschlüssel in trauter Runde vereint waren, sondern auch Gunters zweiter Wagenschlüssel darauf wartete, endlich mal an die Reihe zu kommen.
Was Tom natürlich wußte.
Sekunden später saßen sie im Saab.
Tom startete.
„Wir kriegen Ärger mit der ganzen Familie“, seufzte Locke. „Wir machen akkurat (*sorgsam*) alles, was wir nicht dürfen.“
„Hast du Schiß? Nur weil ich die Zeit nach meinem Kfz-Führerschein vorweg nehme?“
„Ich doch nicht! Schneller, du Lahmpopo! Sonst holen wir ihn nie ein.“
„Vielleicht doch. Er ist die Schnellstraße runter – stadtauswärts. Da kommen nur Abzweigungen, für die sich kein Mensch interessiert: Drosselweg, Finkenweg, Meisenweg, Amsel-Allee . . . Das bedeutet, er fährt schlankweg geradeaus, nämlich raus aus der Stadt. Mit etwas überhöhter Ge-

schwindigkeit holen wir ihn ein – trotz seiner zweieinhalb Minuten Vorsprung. Bitte, achte auf einen hellen Opel mit bärtigem Inhalt."

Sie fuhren und fuhren. Tom fuhr auch dieses Fahrzeug bestens. Aber der Opel kam nicht in Sicht, obwohl sie soeben an den letzten Häusern vorbei flogen und die Stadtgrenze nahe war.

„Huch!" sagte Locke.

Tom saß übers Lenkrad gebeugt. „Was ist?"

„Hinter uns ist ein heller Opel. Komisch!"

Er äugte in den Rückspiegel. „Tatsächlich. Du, verdammt! Ist er das etwa?"

Locke hatte immer noch den Kopf nach hinten gedreht.

„Er folgt uns, Tom. Er hält gleichbleibenden Abstand."

Das waren etwa 250 Meter.

„Hallo, Rehm!" tönte in diesem Moment eine Stimme.

Locke zuckte zusammen. Tom wäre fast übers Lenkrad gehüpft.

Die Stimme kam von unten. Als liege der Mann unter den Sitzen.

„Erschrickst, wie?" tönte die Stimme erneut. „Ich habe ein Walkie-Talkie (*Sprechfunkgerät*) unter den Fahrersitz gelegt. Wenn du dich bückst, kannst du 's greifen. Ich würde gern mit dir reden. Drück auf den Umschaltknopf. Dann kann ich dich hören."

„Mich laust der Affe" flüsterte Tom. Er flüsterte tatsächlich, obschon keine Gefahr bestand, daß der Verfolger ihn hörte – nicht jedenfalls, solange der Umschaltknopf nicht gedrückt war.

„Das ist Pollner!" sagte Locke. „Da wette ich!"

„Er denkt, ich bin Gunter", Tom feixte. „Dabei bleiben wir zunächst mal. Den verscheißern wir. Nachher büßt er fünf bis sieben Zähne ein. Greif dir mal das Walkie!"

Locke hatte es schon. Sie drückte den richtigen Knopf, kannte nämlich den Apparat so gut wie ein Telefon.

„Hallo!“ sagte sie. „Wer sind Sie? Worüber wollen Sie mit meinem Vater reden?“

Die Stimme klang metallisch und böse. „Aha! Dann bist du wohl das Töchterchen? Um dich tut 's mir fast leid. Gegen dich habe ich nichts. Aber wie ich deinen Vater einschätze, leidet er doppelt, wenn es auch dich trifft, Püppchen. So gesehen, bin ich ganz froh, daß auch du auf dem Pulverfaß sitzt.“

„Wer sind Sie?“ wiederholte Locke ihre Frage, nachdem sie den Umschaltknopf abermals betätigt hatte.

„Na, wer wohl? Mein Name ist Oswald Pollner – und die Stunde der Abrechnung jetzt. Hör zu, Rehm! Hörst du mich deutlich? Du fährst zur Zeit genau 48 Stundenkilometer. Bleib dabei! Zumindest geh nicht unter 30 runter! Ich habe mir nämlich erlaubt, eine Tempobombe unter deine Motorhaube zu basteln. Sie geht hoch, sobald die Geschwindigkeit unter 30 fällt. Alles klar, mein Freund? Keinen Krümel mehr wird man von euch beiden finden. Das garantiere ich.“

Für einen Moment glaubte Locke, sie hätte nicht richtig gehört.

Toms Hände umklammerten das Lenkrad, als müßten sie es zerbrechen.

Locke schaltete nicht um. Pollner sollte ihr Entsetzen nicht miterleben.

„Tom, das . . . das . . . doch, es ist wahr! Wir haben eine Bombe unter dem Motor. Der spaßt nicht, der Scheißkerl. Wir können nicht anhalten. Was nun?“

„Laß mich überlegen! Ich muß nachdenken. 30 Sachen. Das ist nicht schnell, aber auch kein Tempo zum Blumen pflücken. Gott sei Dank! haben wir keine Ampel mehr vor uns. Vor uns, Schatzi, liegt der Landkreis. Leere, dunkle Straßen. Und wenn wir an den Kreuzungen aufpassen . . .“

„Wir können nicht endlos fahren, Trollo!“

„Hm, ja! Wie ich eingangs bemerkte: Laß mich nachdenken!“

Aus dem Sprechfunkgerät drang hämisches Lachen.

„Das ist bitter, wie? Auch die zwölf Jahre waren bitter für mich. Und jetzt, Rehm, haben sich unsere Wege in seltsamer Weise gekreuzt. Hätte nie gedacht, daß du dich an Margot ranmachst. Ob sie den Schmuck mit dir geteilt hat oder nicht, ist mir wurscht. Mir macht es affenstarke Vibrations (*Gefühle*), daß du gleich in den Chausseebäumen hängst – samt deiner Brut."

„Schalt mal um!" verlangte Tom. „Und halt mir den Quasselkasten unter den Rand."

Locke beugte sich rüber zu ihm und hielt das Walkie mundgerecht.

„Pollner!" sagte Tom. „Hier ist nicht Gunter Rehm, sondern sein künftiger Schwiegersohn. Und als dieser verspreche ich dir, daß ich dich aufmische, du Rattenmolli. Du wirst dir noch wünschen, du wärst in deiner Knastzelle geblieben." Er räusperte sich. „Locke, schalt um. Der Freak will sicherlich was labern."

Pollner – immer noch in 250 Meter Abstand mit seinem Opel – hatte die Überraschung verdaut.

„Soso, Schwiegersohn!" teilte er mit durch die Luft. „Ist auch nicht schlecht. Ich will den Rehm quälen. Bestimmt quält es ihn bärenmäßig, wenn ihr zusammen abschmiert. Das werde ich mir ansehen. Ich bleibe hinter euch. Tja, so rachsüchtig ist Pollner. Schöne Himmelfahrt! Oder wie sagt man?" Er lachte. „Ich schalte jetzt ab. Ich bin nur noch Beobachter. Servus, ihr beiden!"

Locke warf die Quasselkiste auf den Rücksitz.

„Tom! Es gibt nur eine Möglichkeit. Wir müssen raushüpfen, bevor der Saab unter 30 sinkt – hinsichtlich des Tempos, meine ich."

„Eben! Das ist es. Aber 30 Sachen sind immer noch flott. Ich vertrage ja einen Puff. Aber deine zarten Knöchelchen . . ."

„Wir brauchen eine Matte, auf die wir springen können.

Was Weiches! Geeignet wäre die unverkäufliche Halde einer Matratzen-Fabrik! Wenn du da vorbei fährst und . . . Tom, ich hab 's!"

Sie wisperte, obwohl Pollner nicht mithören konnte.

Tom lachte. „Nicht zu fassen! War meine Idee. Schade, jetzt teilen wir uns die Erleuchtung! Aber meinst du, du schaffst es?"

„Bin ja nicht aus Zucker", sagte die Süße. Aber deshalb wurde die Sache nicht leichter.

Rechts tauchte die Abzweigung nach Wilmerode auf. Tom riß den Saab in die Kurve. Reifen kreischten.

Auf 40, 39, 38 std/km sank die Geschwindigkeit.

Locke spähte durch die Windschutzscheibe. Ihr Herz pumperte gegen das T-Shirt. Allmählich wurden die Handflächen feucht.

Voraus eine Landstraße. Rechts und links Wald. Tom beschleunigte. Weit hinter ihnen tauchte der Opel auf. Locke hatte sich umgedreht und sah ihn. Auch er erhöhte das Tempo.

Hinter dem Wald – das wußte sie – lag der Rasenböcker See. An schmalster Stelle, nämlich am Zufluß, führte eine Brücke hinüber. Sie konnte nur von einem Wagen befahren werden, war nämlich fast so schmal wie Lockes Wespentaille.

Kommt uns jetzt einer entgegen, dachte sie, ist alles aus. Dann landen wir als Fischfutter im Wasser. Aber, zum Geier!, soweit geht meine Tierliebe nicht! Lieber füttere ich die Fische aus der Hand. Nein! Nein! Nein! Um diese Zeit kommt kein verdammtes Fahrzeug entgegen. Ist ja mitten in der Nacht. Und die Landeier schlafen – hoffentlich!

Sie sah Tom von der Seite an.

Er biß die Zähne zusammen.

Tempo!

Zärtlich strich sie ihm über den Arm.

Er wandte den Kopf.

„Selbst wenn wir jetzt sterben, Locke, sterben wir zusammen. Für mich wäre das gar nicht so schlimm."

„Red keinen Scheiß! Ich habe noch viel mit dir vor!"

Er grinste.

Jetzt kam die Kurve, eine sanfte Kurve.

Locke drehte sich um. Der Opel war zurückgefallen.

Die Brücke!

Beide atmeten auf.

Die Scheinwerferstrahlen hatten die Brücke erfaßt. Kein Licht von der anderen Seite. Kein Wagen setzte zum Überqueren an. Freie Bahn.

Locke schätzte die Brücke auf zehn Meter Länge. Rechts lag der See. Wie tief war der Zufluß, den die Brücke überspannte?

Locke kannte das Wasser – vom Sehen, jedenfalls. Es war modrig und roch wie Entengrütze. Hoffentlich reichte die Tiefe!

Sie griff hinter sich, nahm das Walkie-Talkie und reichte es Tom.

Er bückte sich, klemmte es aufs Gaspedal, lenkte mit links und rutschte rüber zu Locke.

Auch er mußte rechts rausspringen. Links der Brücke war das Wasser bestimmt zu seicht.

Locke blickte den Strahlen der Scheinwerfer nach. Jenseits der Brücke machte die Straße eine Biegung. Eine abgestorbene Buche stand im Scheitelpunkt.

Der Saab raste genau darauf zu. Der Buchenstamm würde ihn aufhalten.

Jetzt rollten sie über die Brücke.

Noch 36 std/km zeigte der Tacho an.

Lockes Herz zog sich zusammen, als werde es von eisiger Hand umklammert.

Einen letzten Blick zurück! Sie sah das Scheinwerferlicht des Verfolgers. Doch der Wagen war noch hinter der Kurve.

„Jetzt!" sagte Tom.

Locke stieß die Tür auf und warf sich hinaus.

Die Entfernung bis zum Brückenrand betrug keinen halben Meter. Sie segelte über das fußhohe Mäuerchen. Ihr Herz schien durch die Rippen zu springen. Aber der Kopf blieb kühl.

In der Luft drehte sie sich. Nur keinen Kopfsprung in unbekanntes Gewässer!

Neben ihr sauste ein Schatten. Tom! Gott sei Dank! Er hatte den schlechteren Start gehabt.

Locke fiel po-abwärts. Sie breitete die Arme aus. Etwa drei Meter hoch wölbte sich die Brücke über dem Wasser.

Ihr Strohhut schwirrte ab in die Nacht.

Platsch!

Mit dem Po voran klatschte sie in die Entengrütze. Es tat nicht mal weh. Der Sommerrock – so leicht er auch war – bewahrte die empfindliche Haut.

Nebenan schlug Tom wie eine Bombe ins Wasser.

Es spritzte gewaltig. Locke ging unter. Das Wasser roch faulig und schloß sich über ihr. Schwärze ringsum. Sie stieß auf schlickigen Grund. Sanft. Es war also tief genug. Gott sei Dank! Ihre Knöchel sanken ein. Als sie auftauchte, hatte sie einen Schuh verloren. Sie kam an die Oberfläche.

Neben ihr stöpselte Tom in die Nachtluft.

„Alles klar?" fragte er.

„Herrliches Wasser. Schwimmen wir um die Wette?"

„Spaßmeise! Gleich . . . Da! Jetzt!"

Das Ein- und Auftauchen hatte nur Sekunden gedauert.

In diesem Moment rammte Gunter Rehms ziemlich neuer, keineswegs billiger Saab den Buchenstamm.

Metall klirrte.

Nur für den Bruchteil einer Sekunde lag das Geräusch in der Luft. Dann erfolgte die Explosion. Es hörte sich an, als werde die Brücke gesprengt. Der Saab verwandelte sich in einen Feuerball.

Locke hörte den Opel. Er näherte sich langsam.

Neben Tom schwamm sie zum Ufer. Sie hockten sich hinter einen Strauch.

„Wenn er aussteigt, kaufe ich ihn mir!" stieß Tom durch die Zähne. „Dann . . ."

„Nein!" Sie legte ihm die Hand auf den tropfnassen Arm. „Der Kerl ist bewaffnet. Spar dir das auf für später."

Sie beobachteten. Langsam fuhr der Opel über die Brücke und hielt bei dem Wrack. Der Saab stand in Flammen.

Papis schönes Auto! dachte Locke. So ein Jammer! Aber ein gebrochenes Bein wäre schlimmer.

Der Opel hielt mit laufendem Motor. Ohne auszusteigen, musterte Pollner den Schaden. Ob es ihn zufriedenstellte, oder ob er sah, daß da ein Wrack ohne Insassen ausbrannte – war ungewiß.

Augenblicke später wendete der Opel und fuhr über die Brücke zurück.

„Wahrscheinlich alarmiert er jetzt die Feuerwehr, der Saukerl“, knirschte Tom durch die Zähne. „Anonym (*ohne Namensnennung*), natürlich!“

Locke sah den roten Schlußlichtern nach. Sie verschwanden hinter den Bäumen.

Soviel Haß! dachte sie erschüttert. Dieser Mensch will meinen Vater umbringen. Er scheut keine Mühe. Mord ist ihm recht. Und er findet es gut, daß ich und Tom – die wir ihm nie was getan haben – umkommen. Soviel Haß! Entsetzlich!

Dieser Pollner gehört in eine Irrenanstalt. Und die Ärzte, die ihn für gesund befunden und entlassen haben, sollten die Zelle mit ihm teilen!

„Jetzt ist er weg!“ sagte Tom. „Gehen wir mal zum Wrack.“

„W . . . wie . . . h . . . hell . . . es . . . br . . . brennt“, schnatterte Locke.

„Schatzi, du zitterst ja. Ist dir so kalt? Das Wasser war doch nachttopfwarm und die Nachtluft ist mehr Backofen als Eisschrank.“

„Mi . . . mir . . . ist warm“, behauptete sie. „Aber . . . der Schreck wirkt erst jetzt. Bi . . . bin wohl ein Spätzünder.“

„Lieber ein Schreck-Spätzünder“, lachte Tom, „als ein Opfer dieses zündelnden Bomben-Schrottlers. O weh! Ich habe nicht aufgepaßt. Das Nummernschild! Weißt du das Opel-Kennzeichen?“

„Nee! Siehst du meinen Strohhut?“

„In der Finsternis? Der schwimmt irgendwo auf dem Rasenböcker See. Bei Tagesanbruch krallt ihn sich eine Ente – und baut ein Nest draus. Wenn sie Eier reinlegt, werden das Eggheads (*Eierköpfe = Intelligenzbolzen*). Und du hast ja noch drei Strohhüte im Kleiderschrank.“

„Vier.“

Sie stiegen die Böschung hinauf.

Beim Wrack schlug ihnen die Hitze entgegen.

Der Tank war explodiert. Viele Schrotteile verteilten sich in die Gegend. Daß das Feuer um sich griff und ein Wald- oder Flächenbrand entstand, war nicht zu befürchten. Der Boden ringsum war so sumpfig – Pollner hätte eine Napalm-Bombe (*Brandbombe*) benutzen müssen, um über die Landschaft Feuer zu legen.

Die abgestorbene Buche war allerdings nicht mehr zu retten. Nicht mal als Baumleiche. Der Stamm glühte. Glimmende Blätter segelten als winzige Rosa-Wölkchen in den Nachthimmel.

„Bloß gut", sagte Locke, „daß wir ein so irre starkes Vertrauensverhältnis zu unseren Elternteilen aufgebaut haben – sozusagen seit wir Windel und Schnuller entwachsen sind. Andern Kids würden die Eltern nicht glauben – vonwegen Bombe und so, sondern denken, sie – also wir – hätten den Wagen volle Pulle an die Buche gesetzt und machten jetzt Lügen-Klimmzüge, um sich/uns rauszureden."

„Hm. Naja. Aber auch dann hätten wir vorher aussteigen müssen. Aus dieser Schrottfackel seilt sich kein Lebender ab. Wie Pollner auf Mordpläne abfährt – das macht ihn reif für lebenslänglich, diesen Gehirnkrüppel."

Sie blickten ins Feuer, bis es ihnen zu heiß wurde.

Niemand kam.

Tom kannte die Gegend, wußte, daß hinter dem See eine Privatstraße abbog – hin zu Ferienhäusern, wo eigentlich immer jemand war.

Sie tippelten los. Es war nicht weit. Hinter einem Hügel schimmerte Licht durch Holzjalousien. Ein Arzt-Ehepaar aus der Stadt genoß hier die Landluft.

Man war mißtrauisch, aber nur anfangs, dann besorgt. Und die Dame des Hauses brachte trockne Klamotten, während Locke bei Helga anrief.

Verblüffenderweise wurde sofort abgehoben.

„Conradi", meldete sich Toms Mutter.

„Ich bin 's", sagte Locke kläglich.

„Waaas? Locke? Wie . . . wieso? Von wo rufst du an? Ich denke, du liegst oben im Bett?"

„Leider nicht", erwiderte Locke. „Ich bin am Rasenböcker See. Tom ist auch hier."

„Wie bitte?" Schrilles Entsetzen begleitete Helgas Stimme. „Was . . . was macht ihr da? Himmel, und wir sind mäuschenleise hier, um euch nicht zu wecken – weil . . . unser Gunter ist nämlich eben zurückgekommen. Ein . . . Verbrecher hatte ihn entführt, dieser zweite Pollner – Pseudo-Pollner, ja. Da . . ."

„Ist Papi gesund?“ rief Locke.

„Alles bestens. Er hat ihn verjagt. Seid ihr gesund? Was macht ihr da draußen?“

„Zuletzt haben wir in Entengrütze gebadet. Jetzt sind wir bei lieben Leuten in . . . Wie heißt das? Ja, danke! . . . im Hasentälchen Nr. vier. Könnt ihr uns bitte abholen?“

„Wir kommen.“ Helga seufzte. „Aber wartet nicht auf den Saab. Wir kommen in meinem BMW. Euer Wagen – das ist die nächste Hiobsbotschaft (*Unglücksnachricht*) – wurde nämlich gestohlen.“

„Wissen wir.“

„Ihr wißt das? Woher?“

„Das waren wir. Wir sind mit ihm . . . gefahren. Haben Pollner verfolgt. Jetzt ist der Wagen . . . eh . . . kaputt.“

„Ich glaube, ich werde ohnmächtig“, flüsterte Helga mit ersterbender Stimme. „Hattet ihr einen . . . Unfall?“

„Nicht direkt. Es war . . . eine Bombe drin. Eine Höllenmaschine. Die ist . . . wumm! Also, den Saab kann sich Papi mal gleich aus dem Herzen reißen. Mit den Resten, die jetzt ausglühen, kriegen wir keine Schrottpresse satt.“

Erst nach einer Weile gewann Helga die Herrschaft über ihre Stimme zurück.

„Seid ihr . . . verletzt?“

„Nicht die Bohne“, lachte Locke. „Wir sind puppenlustig, riechen nur etwas nach Entenpfuhl. Aber mein Hut ist verschütt gegangen. Und der linke Schuh auch.“

12. Wie ein Zombie

Seit einigen Minuten war Duval wach, aber er rührte sich nicht. Er lag auf Steinboden. Hinter seinen geschlossenen Lidern flimmerten Sterne. Den Kopf füllte rasender Schmerz.

Er lauschte. Von weit her drang Musik an sein Ohr. Eine Kapelle spielte. Wo war er?

Geruch drang ihm in die Nase. Kalter Rauch. Leder. Rasierwasser. Erst als er überzeugt war, daß sich niemand in der Nähe befand, öffnete er die Augen.

Es war ein Büroraum. Die Deckenleuchte brannte. Er lag auf gefliestem Boden an der Wand. Eine Tür führte hinaus.

Vorsichtig richtete er sich auf.

Sofort verstärkten sich die Kopfschmerzen. Ihm schwindelte. Er stützte sich auf, wartete, biß die Zähne zusammen.

Als die Schwäche nachließ, schleppte er sich zur Tür und drückte auf die Klinke.

Abgeschlossen.

Was war passiert?

Nur verschwommen erinnerte er sich. Weshalb war er hier eingesperrt?

Seine Brieftasche fiel ihm ein. Er griff danach. Sie war da. Nichts fehlte darin. Sonderbar!

Er sah sich um. Auf dem Schreibtisch in der Ecke standen drei Schnapsflaschen. Eine war angebrochen. Er trank. Der Alkohol stärkte ihn. Übelkeit und Kopfschmerzen ließen nach.

Während er abermals trank, näherten sich draußen Schritte.

Sofort packte er eine der ungeöffneten Flaschen. Sie enthielt Cognac. Mit zwei Schritten huschte er hinter die Tür.

Jemand stieß draußen den Schlüssel ins Schloß.

Als die Tür geöffnet wurde, konnte er die Musik deutlicher hören. Aber das war ihm schnurz. Darauf kam 's jetzt, zum Henker!, nicht an.

Ein Mann schob sich ins Zimmer. Sein rechter Unterarm war verbunden.

„Äh“, murmelte er, „wo ist denn der . . .“

Duval schlug zu.

Angst machte ihn zittrig. Ohne den Schnaps hätte er 's nicht fertiggebracht. Aber er traf. Wuchtig landete die Flasche auf dem Hinterkopf des Mannes.

Nante schwankte, hielt sich noch Sekundenbruchteile auf den Füßen, starrte aus leeren Augen ins Nichts und fiel dann flach aufs Gesicht.

Er blieb liegen.

Am Hinterkopf quoll Blut durch das farblose Haar.

Duval zitterte. Er spähte in den Gang hinaus und horchte. Aber dort war niemand.

Er wälzte den Mann auf den Rücken. Er kannte ihn nicht, tastete die Kleidung ab und fand die Pistole unter der Windjacke. Der Ausweis in der Brieftasche lautete auf den Namen Ferdinand Richard. Eine schmutzige Visitenkarte steckte dabei. Der Kerl war Schauspieler. Jedenfalls trug die Karte den Vermerk.

Duval suchte nach Schlüsseln. Aber Nante hatte keine bei sich. Nur an der Tür außen steckte einer.

Duval löschte das Licht, trat auf den Gang und schloß ab. Wohin sollte er sich wenden?

Dort hinten schien eine Hoftür zu sein. Vielleicht war das der kürzeste Weg in die Freiheit.

Augenblicke später stand er auf dem Hinterhof.

Tastend bewegte er sich vorwärts, bis sich seine Augen an die Dunkelheit gewöhnt hatten. Er fand die Toreinfahrt und den Weg zur Straße. Als er die zuckende Leuchtreklame des RED ROSE-Nachtklubs sah, begriff er.

Braddy! Sein Geschäftspartner Braddy! Dem also hatte er den Überfall zu verdanken.

Während er eine unbelebte Straße entlang schlurfte, reimte er sich die Hintergründe zusammen.

Das Geschäft war also geplatzt. Kein Schmuck. Besaß Braddy ihn überhaupt? Oder war alles ein Bluff gewesen, um ihn, Duval, herzulocken? Wollten sie ihm das Geld abnehmen, das er wegen des Schmucks auf eine hiesige Bank transferiert hatte? Hatten sie ihn deshalb in ihre Gewalt gebracht?

Dann hat sich auch der alte van Dreeden geirrt, dachte er. Als Makler für Sore (*Beute*) war der immer zuverlässig gewesen. Aber garantieren konnte er natürlich für nichts – schon gar nicht für Gelichter wie Braddy.

Duval grinste böse. Braddy und seine Leute – ja, die hätten ihn gefoltert. Ihm wäre nichts anders übrig geblieben, als ihnen das Geld zu überlassen. Aber hätte das sein Leben gerettet?

Er sah sich um. Niemand folgte ihm. Als ein leeres Taxi vorbei fuhr, winkte er.

Im HOFGARTEN-Hotel kümmerte er sich nicht um den erstaunten Blick des Portiers, der ihn so schnell und so clean (*ohne Rauschgiftverbrauch*) nicht zurückerwartet hatte.

Er fuhr zu seinem Zimmer hoch, schloß sich ein und fiel aufs Bett. Erst nach einer Weile bediente er sich aus der Zimmerbar mit Cognac.

Als er das zweite Mini-Fläschchen köpfte, schrillte das Telefon.

„Duval."

„Ein Gespräch für Sie", sagte der Portier. Es knackte in der Leitung. Dann hörte er Braddys fettige Stimme.

„Duval?"

„Ja."

„Sind Sie noch zu retten, Mann? Sie haben einen meiner Leute halbtot geschlagen. Nante tickt ja ohnehin nicht richtig. Aber jetzt – das fürchte ich – hat er für immer einen weichen Keks."

„Man könnte es Notwehr nennen, Braddy."

„Notwehr? Duval, was ist los? Nante hat Ihnen vermutlich

das Leben gerettet. Er sah, wie Sie vorhin auf der Straße niedergeschlagen wurden. Zwei Kerle wollten Sie ausrauben. Sie lagen schon flach. Nante hat die beiden vertrieben. Dann hat er Sie in seinen Wagen geladen und hergebracht. Wer Sie sind, weiß er. Er sah Sie, als Sie bei mir waren."

„Interessant! Und warum haben Sie keinen Arzt benachrichtigt? Ich glaube, den hätte ich gebraucht."

„Der Arzt war benachrichtigt. Als er kam und wir nach Ihnen sehen wollten, waren Sie verschwunden – und stattdessen ein anderer Patient da. Es geht Nante nicht gut. Duval, Sie hätten beinahe Ihren Retter umgebracht."

„Mir kommen die Tränen. Als Märchentante sind Sie großartig, Braddy. Ich bin nur nicht dumm genug, um diesen Unsinn zu glauben."

Wütend legte er auf.

Dann hängte er das NICHT STÖREN-Schild draußen an die Tür. Er schloß sorgfältig ab. Als zusätzliche Sicherung schob er einen Stuhl unter die Klinke. Als er wieder im Bett lag, fühlte er sich wie am falschen Ende von 99 Lebensjahren, die nichts als Bürde, Mühsal und Zoff gewesen waren. Mithin – er fühlte sich kein bißchen fit, eher wie ein Zombie (*Lebender Toter*).

★

Locke schlief wie ein Murmeltier – und in den Tag hinein, also länger als sonst; war es doch spät geworden letzte Nacht – und an Aufregung hatte ohnehin nichts gefehlt.

Als sie endlich zum Frühstück kam, war Helga schon in der Praxis drüben. Tom hatte sich gestärkt, war aber auch gerade erst fertig. Mike war zu Fuß aufgebrochen, um seinen Feuerstuhl zu holen.

„Ich wollte dir deine Honigmilch ans Bett bringen", meinte Tom.

„Und warum hast du 's nicht getan?"

„Ich dachte mir, je länger du ausschläfst, um so verträglicher bist du dann."

„Hast du Papi gesehen?"

„Gesehen nicht mehr. Er war schon weg, als ich runterkam. Ist mit Mutters Wagen zum Präsidium gerollt. Kommissar Loeben rief nämlich an. Sie haben einen Typ aufgegriffen, den sich Gunter ansehen soll. Es könnte dieser Nante sein. Aber das wäre zu schön, um wahr zu sein, wie? Von Pollner haben sie noch keine Spur. Was den Saab betrifft, ist Gunter gut drauf. Die Versicherung kommt für den Verlust auf. Er hat schon einen neuen bestellt. Das gleiche Modell."

Locke trank ihre Milch.

„Ich rufe Margot an", sagte sie. „Sie weiß ja gar nicht, was läuft."

Wenig später meldete sich die Wirtin des Landgasthofs in Klein-Plöniken.

„Guten Morgen, Frau Schäfer", sagte Locke. „Hier spricht Nina Rehm. Könnten Sie mich bitte mit Frau Glitter verbinden?"

„Da muß ich mal sehen, ob sie schon zurück ist, Nina. Heute Nacht hat sie sich meinen Wagen geliehen und . . ."

„Wie? Was? Um Gottes willen! Sie sollte doch dort bleiben. Wohin wollte sie denn?"

„Ich nehme an, zu euch."

„Bitte, sehen Sie nach, ob sie da ist."

Es dauerte zwei Minuten, dann war Frau Schäfer wieder am Apparat.

„Nein. Noch nicht. Muß ich mir Sorgen machen, Nina? Es ist nicht wegen meines Wagens, aber . . ."

„Nein, nein!" fiel ihr Locke ins Wort. „Das wird sich schon aufklären. Wahrscheinlich ist sie in ihrer Wohnung. Bis später. Wir verständigen Sie."

Sie legte auf. Tom hatte mitgehört.

„Sowas Unvernünftiges!" knurrte er. „Gunter versteckt sie, und sie büchst aus."

„Vielleicht hatte sie Angst. Wir waren nicht zu erreichen.

Auch gemeldet haben wir uns nicht. Ein empfindsames Gemüt wie Margot kann da in Panik geraten. Ob sie in ihrer Wohnung ist?"

„Das wäre der beknackteste Horror, den je eine Tussi abgezogen hat. Aber nichts ist unmöglich. Wenn sie ihren Lippenstift vergessen oder das falsche Parfum eingepackt hat, ist sie natürlich in ihre Klause getapert."

Locke wählte Margots Rufnummer. Funkstille.

„Hinfahren sollten wir trotzdem", meinte Tom. „Bei der Gelegenheit fragen wir diesen Schachtelschuber, ob jemand in die Wohnung wollte."

„Der Hausmeister heißt Kastenhuber, Engelbert!"

Auf Gunters Nachttisch fand Locke den Schlüssel zu Margots Wohnung.

Tom hatte ein Taxi bestellt. Zunächst ließen sie sich zur Rehmschen Adresse bringen. Unterwegs sahen sie Mike. Er stand bei einer Tankstelle und zapfte Benzin in einen Fünf-Liter-Kanister, um seine – am Wegesrand aufgebockte – Maschine wieder flott zu machen.

Locke und Tom holten ihre Roller aus der Rehmschen Garage. Locke kümmerte sich noch rasch um Helena, ihre weiße Maus, stülpte dann einen der restlichen Strohhüte auf die frisch gewaschene Mähne und versetzte Tom, dem das alles zu lange dauerte, einen knallharten Rippenstoß.

„Nie wieder", erklärte er, „bringe ich dir eine Honigmilch ans Bett. Nicht mal in Gedanken!"

Sie knatterten zur West-Straße. Der Tag war so heiß wie gestern. Schwüle stand zwischen den Häuserzeilen. Die Menschen schimpften – besonders jene, denen der Winter zu frostig und der Frühling zu kalt gewesen war.

Sie parkten vor dem Apartmenthaus mit der Nummer 101 und fuhren im Lift hinauf. Locke schloß Margots Wohnung auf. Dann durchstreiften sie die Räume.

Im Wohnzimmer lag eine blaue Lederhandtasche vor der Couch. Locke erkannte sie.

„Gestern hat sie die nach Klein-Plöniken mitgenommen. Das heißt, sie ist hier gewesen. Und zwar letzte Nacht. Aber wo, Galgen und Fallbeil!, ist sie jetzt?“

Tom furchte die Stirn. „Mach das Gepäckstück mal auf!“

Der Inhalt der Handtasche gab keinen Aufschluß. Es war nur der übliche Krimskrams, der sich in unausgemisteten weiblichen Handtaschen ansammelt.

„Der helle Wahnsinn von ihr, hierher zu kommen!“ schimpfte Tom. „Fragen wir mal den Kistenhufer. Vielleicht weiß der was.“

„Wenn du ihn so anredest, weiß der bestimmt nichts. Er heißt Kastenhuber. K a s t e n h u b e r , Tom!“

„Von mir aus auch Sargdeckel!“ brummte er.

Sie fuhren hinunter und klingelten beim Hausmeister.

Sie waren gestern dabei gewesen, als Gunter und Margot mit Kastenhuber geredet hatten. Der erkannte sie auch gleich und zahnte sie an, was wohl ein Lächeln sein sollte. Er roch nach Bier, war aber sauber gekleidet.

„Frau Glitter war hier“, bestätigte er. „Spät, letzte Nacht. War 's nach Mitternacht? Genau weiß ich 's nicht. Sie hatte ihre Schlüssel vergessen und klingelte bei mir. Ich ließ sie rein. Sie fuhr hoch. Nach einer Weile kam sie wieder runter, weil sie nicht nur den Haus-, sondern auch den Wohnungsschlüssel verschlam . . . vergessen hatte. Ich machte ihr oben mit dem Generalschlüssel auf. Dann bin ich wieder ins Bett!“

„Können wir mal Ihr Telefon benutzen?“ bat Locke.

„Aber gern.“

Seine Wohnung roch säuerlich. Kastenhuber war ledig und sorgte hier selber für Ordnung, beziehungsweise nicht.

Locke rief beim Polizei-Präsidium an und verlangte Kommissar Loeben.

Wie sie vermutet hatte, war ihr Papi noch dort.

„Fehlanzeige“, sagte er gleich. „Der Verdächtige ist nicht der gesuchte Nante. Was liegt an, Prinzessin?“

Sie sagte es, und bei Gunter stellten sich die Nackenhaare auf.

„Um Himmels willen! Überfällig seit heute nacht? Das heißt, ihr ist was zugestoßen. Ich setze mich sofort mit Frau Schäfer in Verbindung – damit wir erfahren, wie der Wagen aussieht, mit dem Margot Glitter unterwegs ist. Und welches Kennzeichen er hat. Vielleicht sollte ich auch die Strecke nach Klein-Plöniken absuchen."

„Du meinst", entsetzte sich Locke, „ihr ist ein Unfall passiert?"

„Hoffentlich nicht. Aber wer weiß. Vorige Woche erst hat ein Motorradfahrer samt Maschine drei Tage schwerverletzt im Kornfeld gelegen – fünf Meter neben der Straße –, ehe man ihn fand. Wir sehen uns nachher bei Helga."

Locke legte auf, sah Tom an, dann den Hausmeister.

„Eins verstehe ich nicht, Herr Kastenhuber", sagte sie. „Sie haben nicht bemerkt, wie Frau Glitter das Haus verließ. Sie waren auch kein zweites Mal oben. Aber womit hat sie dann ihre Wohnung abgeschlossen, als sie ging. Die Tür war nämlich abgesperrt, wie wir eben feststellten. Und Frau Glitter hatte doch ihren Schlüssel nicht mit."

Kastenhubers Frettchengesicht verfärbte sich. „Äh . . . also, wenn . . . das weiß ich auch nicht. Vielleicht . . . hat sie den Schlüssel doch noch gefunden. In . . . in der Handtasche. Oder im Schuh." Er grinste wie ein Straßenhändler, der goldene Armbanduhren anbietet. „Weiß ja nicht, wo sie ihren Schlüssel sonst hat."

„Das wird 's sein. Wiedersehen, Herr Kastenhuber. Wir kommen später noch mal."

Sie und Tom verließen die säuerliche Wohnung. Kastenhuber schloß die Tür.

Locke hielt Tom am Ärmel fest.

„Mal sehen, was er macht!" wisperte sie. „Hast du gemerkt, wie dem die Knie in der Hose flattern? Der hat das schlechteste Gewissen zwischen hier und dem Mond."

„Aber echt!"

Tom hielt sein Lauschohr, das rechte nämlich, an die Tür, die nicht viel stabiler war als ein Zigarrenkistchen.

Es dauerte nur einen Moment, bis er das Surren der Wählscheibe hörte.

Auch Locke lauschte.

„Hallo, Kleef", hörten sie Kastenhubers Fiesstimme. „Eben waren die beiden Bälger hier, ja, die von gestern, die zu dem Rehm gehören – seine Tochter und der blonde Strolch. Was? Nee! Rehm nicht. Sie suchen die Glitter. Ihr Idioten habt die Wohnung mit meinem Schlüssel abgesperrt. Der Kleinen ist das aufgefallen. Ich glaube, sie wird mißtrauisch. Mensch, ich halte doch die Rübe hin, wenn 's aufkommt. Das sind die 500 Eier nicht wert. Was soll ich machen, wenn die Kurzen (*Jugendlichen*) zu den Bullen gehen und mich in die Pfanne hauen. Was? Jaja, ich weiß von nichts. Das hilft mir einen Dreck! Bist ein schöner Freund, Kleef. Ach, leck mich doch!"

Pläng! – der Hörer fiel auf den Apparat.

Tom lächelte wölfisch und drückte auf die Klingel.

Locke hielt sich hinter ihm.

Was jetzt kam, war nichts für Halbzarte, sondern für Ganzgrobe.

Kastenhuber öffnete. Sein Gesicht wurde fahlgrau.

„Man versteht jedes Wort", sagte Tom. „Sie sprechen wirklich zu laut, lieber Freund. Und wir Kurzen hören alles: den Keuchhusten der Flöhe, den Blues der Kartoffelkäfer, sogar deine Mitteilung an den Herrn Kleef."

Er stieß Kastenhuber die flache Hand vor die Brust.

Der Hausmeister flog drei Meter zurück und knallte aufs Steißbein. Sein Schmerzjodler war so laut, daß ihm Tom gleich noch eins an die Nuß gab, um die Lautstärke zu regulieren (*regeln*). Was sollten sonst die übrigen Bewohner denken!

Kastenhuber lag an der Wand und vergoß kalten Schweiß.

„Wir hören!" sagte Tom. „Aber beeil dich, du Hausschwein, sonst mache ich pickelhartes Müsli aus dir."

„Was . . . was wollt ihr von . . ."

„Wer ist Kleef?" zischte Locke ihn an.

„Ein . . . ein Bekannter."

„Wie drollig! Wo finden wir ihn?"

„Bei . . . äh . . . ach, Scheiß!" Seine Hände zitterten. An der Stirn, wo Tom ihn getroffen hatte, schwoll eine Beule. „Es hat ja doch keinen Sinn. Ich sag 's lieber gleich. Kleef gehört zu Braddy. Der ist . . . also, ihm gehört der Red-Rose-Nachtklub. Kleef und Wasen – der ist auch einer von denen – waren hier, nachdem ihr mit der Glitter abgezogen seid. Für den Fall, daß die Tussi zurückkommt, sollte ich sie – also Kleef und Wasen – benachrichtigen. Ihr müßt das verstehen. Ich stehe bei Kleef in der Kreide. Nicht mit Kohle, nein. Aber ich bin ihm menschlich verpflichtet. Weil er mal verhindert hat, daß mich 'ne Rockerbande aufmischt. Die hätten mich umgebracht, weil ich einen von ihnen . . . Es war ein Unfall. Ich konnte nichts dafür, war nicht schuld. Aber die waren so in Brass (*Wut*), daß sie mich aufgeschlitzt hätten. Weil mir der Kleef also geholfen hat, rief ich ihn heute nacht an und sagte, daß die Glitter tatsächlich zurück ist. Die beiden kamen. Ich gab ihnen meinen Generalschlüssel. Mehr weiß ich nicht."

„Mein Gott!" flüsterte Locke entsetzt. „Dann ist es also geschehen. Die Verbrecher haben Margot entführt."

„Bitte!" greinte Kastenhuber. „Sagt niemandem, daß ihr das von mir wißt. Die . . . die Unterwelt würde mich fertigmachen."

Toms Blick schnitt ihn in Streifen.

Locke sprach nicht aus, was sie dachte. Nämlich, daß Kastenhuber eine unfröhliche Knastzeit gewiß war – wegen Beihilfe zu einem Verbrechen des Menschraubs.

Sie wirbelte herum und wieselte am Springbrunnen vorbei zum Ausgang. Tom holte sie ein.

„So ein Scheiß!“ fluchte sie. „Jetzt erreichen wir Papi nicht. Bei Loeben ist er bestimmt nicht mehr, sondern sucht rum; und euer Wagen hat nicht mal ein Autotelefon, über das wir ihn anwählen könnten. Hach!“

Tom grinste. „Tu nicht so scheinheilig, Schatzi! Uns ist es doch recht, wenn wir allein wirksam werden. Ein Lorbeerkranz reicht höchstens für zwei Köpfe. Das heißt, da du nur deine Heumützen trägst, deine Schilfdeckel, werde ich mich nach getaner Maloche (*Arbeit*) mit dem Siegerkranz schmükken müssen. Also packen wir 's an, bevor sich diese Sumpfasseln an Margot vergreifen. Hast du schon mal vom Red Rose-Nachtschuppen gehört.“

„Eine Disko ist das nicht. Sonst wüßte ich 's. Nein, nie gehört. Aber was kennen wir denn schon – außer der Milchbar und dem Waldmeister-Eissalon. Ich wette, das Red Rose steht im Telefonbuch – und zwar fett gedruckt.“

13. In der Höhle des Löwen

Hans-Dieter Dietsch – ehemaliger GHV-Direktor und Betrüger in einer Person – schlief weiter, als auf seinem Nachttisch das Telefon schrillte. Aber Lorlie, seine alkoholfreudige Lebensgefährtin, pustete sich die blonden Lotterhaare vom Gesicht und griff hinüber zum Hörer.

„Ja?" gähnte sie. Dann: „Er schläft noch. Ist es wichtig? Also gut, es ist wichtig. Mal sehen, ob ich ihn wecken kann. Wie spät ist es denn? Was? Da ist wohl mein Wecker stehengeblieben – und die innere Uhr auch. Momentchen, Meister!"

Sie rüttelte Dietsch, bis er fluchend die Augendeckel hochklappte.

„Da will dich einer sprechen, du!"

Sie legte ihm den Hörer ans Ohr und ließ sich in die Kissen zurücksinken. Erschöpft schloß sie die Augen. Gräßlich, dieser Kater.

„Ja, bitte?" knurrte Dietsch.

Er saß im Frustbunker (*schlechte Laune haben*) wie ein Fußballtrainer, dessen Mannschaft nur noch verliert.

„Dietsch?" fragte eine metallische Stimme – mit leichtem Auslandsklang. „Hans-Dieter Dietsch?"

„Ja, bin ich."

„Erinnern Sie sich an mich? Ich bin Robert Bineau aus Brüssel, weizenblond – hahah, der Mann mit dem blauen Muttermal auf der Wange. Vor Jahren haben Sie mir", er dämpfte die Stimme, „die Gerushuny-Kette und den Blauen Marinak verkauft."

„Selbstverständlich erinnere ich mich an Sie."

Dietsch war hellwach – von einer Sekunde zur andern –, stand zwar noch nicht im Bett, saß aber kerzengerade. Sein Puls fiel langsam wieder auf 120 zurück.

„Ich bin hier in der Stadt", sagte Bineau. „Eben eingetroffen. Außer Ihnen kenne ich hier niemanden. In einer heiklen

Angelegenheit brauche ich Ihren Rat. Kann ich zu Ihnen kommen? Sagen wir – in einer halben Stunde."

„Selbstverständlich! Gern!" versicherte Dietsch.

Unter der Dusche versuchte er, einen Menschen aus sich zu machen. Gestern nacht hatte er mit viel Whisky seine Angst betäubt. Er wußte, daß es nur noch eine Frage der Zeit war, bis die Polizei an die Tür pochte. Hatte dieser Rehm dem jetzigen GHV-Direktor Rais schon berichtet?

Wenn noch nicht, dachte er, dann eben später. An meinem Schicksal ändert das nichts. Kann ich dem entgehen? Soll ich ins Ausland fliehen? Himmel, das paßt zu mir wie der Fisch aufs Fahrrad. Nebbich (*nun, wenn schon*)! Soll 's kommen, wie 's kommt!

Er zog sich an, ging in die Küche und trank Kaffee.

Lorlie schlief weiter.

Dann schrillte die Türklingel.

Bineau – aber zehn Minuten zu früh?

Er öffnete.

Draußen standen zwei Kerle.

Er kannte sie nicht. Der Größere war knochig, hatte gemeine Augen und eine fuchsrote Haarbürste. Der andere war vierschrötig und kahl, sein Gesicht gedunsen und rot. Beide grinsten.

„Dietsch?"

Er nickte. Polizei, dachte er. Jetzt schon.

Kleef drückte ihn mit flacher Hand in die Diele.

„Heh? Was soll das?" protestierte Dietsch.

Wasen kickte die Tür mit der Ferse zu. „Bist du allein, Dietsch?"

„Wer . . . wer sind Sie?"

„Ob du allein bist!"

„Meine . . . Freundin ist da. Sie schläft noch." Er wies zur Schlafzimmertür.

Wasen blickte hinein. „Sie schnarcht sogar. Das ist ja ein Herzchen."

Er zog den innen steckenden Schlüssel ab und schloß Lorlie ein.

Sie trieben Dietsch ins Terrassenzimmer. Er schwitzte vor Angst. Polizisten waren das nicht, soviel hatte er begriffen. Sondern . . . Sie benahmen sich wie das Gegenteil, wie Ganoven mit Abschlußprüfung.

„Dietsch!“ sagte Wasen. „Kennst du eine gewisse Margot Glitter?“

Also das war 's. Wieder ging 's um den Schmuck.

„Ja“, nickte er.

„Das behauptet sie nämlich auch“, grinste Kleef, „seit wir sie fragen. Und wir fragen sie schon seit zwei Uhr früh. Aber das geht dich nichts an, Mann! Sie sagt, du hättest ihr den Schmuck abgekauft – damals, den Blauen Marinak und die Gerushuny-Kette. Stimmt das?“

Dietsch befeuchtete die trocknen Lippen mit der Zunge. „Das stimmt.“

„Für 200 000?“

„Soviel habe ich ihr bezahlt.“

„Ts ts ts . . .“, machte Wasen und sah Kleef an. „Sagt sie also die Wahrheit. Naja, Angst gemacht haben wir ihr.“ Er wandte sich wieder an Dietsch. „Und wo sind die Klunkern geblieben?“

„Ich habe den Schmuck damals sofort verkauft.“

„An wen?“

„An einen Belgier. Er lebte in Brüssel.“

Dietsch hielt inne. Nützte es ihm, wenn er Bineau verriet? Jeden Moment konnte der hier sein. Daß er den Schmuck noch besaß, war unwahrscheinlich. Nein, der hatte ihn weiterverkauft und seinerseits ein Geschäft gemacht.

„Der Name!“ forderte Wasen.

Dietsch wollte lügen. Dann sah er in die eisigen Augen des Ganoven, und der Entschluß, den Belgier zu schützen, fiel in Stücke.

„Bineau. Robert Bineau. Ich lernte ihn zufällig kennen. Er

hatte Geld. Er war als Makler erfolgreich, hat aber auch Waffen verschoben und andere heiße Ware. Der hatte seine Finger überall drin, wo sich ohne Arbeit Geld machen ließ."

Wasens Rotgesicht drückte Enttäuschung aus. Kleef zog ärgerlich an der Unterlippe. Sie machten lange Gesichter und verständigten sich mit Blicken.

„Ich rufe den Chef an", sagte Wasen – griff zum Telefon und wählte. Dann: „Chef, ich bin 's. Wir haben Dietsch ausgequetscht. Was die Glitter sagt, stimmt. Leider. Er hat die Klunkern damals an einen Belgier verscherbelt, an einen Robert Bineau aus Brüssel. Ich glaube, da haben wir das Nachsehen." Er horchte, brummte Zustimmung und legte auf.

Dietsch spürte, wie ihm kalter Schweiß aus den Achseln lief. Zwölf Jahre war alles gut gegangen, und jetzt überrollte es ihn wie eine Geröllawine. Was war los? Alle Welt schien plötzlich diesem Schmuck nachzujagen.

„Hast Glück gehabt", sagte Wasen. „Der Chef läßt dich ungeschoren. Wieviel hast du damals gekriegt?"

Dietsch atmete schwer. „700 000."

Kleef stieß einen Pfiff aus. „Guter Preis. Und wo ist die Kohle geblieben?"

„Davon habe ich mir das Haus hier gekauft."

„Hm. Klapp mal die Brieftasche auf! Hast du Bares?"

Seine Brieftasche lag im Nachttisch. Er holte sie, ohne Lorlie zu wecken. Sie schnarchte tatsächlich. Die Brieftasche enthielt außer den Schecks nur einen 50-Mark-Schein.

„Ist das alles, du Pfeife?" knurrte Kleef.

„Ich glaube. Lorlie . . . nein, sie hat das Wirtschaftsgeld noch nicht bekommen."

„Ist ein mieser Laden, Dietsch, dem du vorstehst", stellte Wasen fest. „Das Geld von damals verjuxt. Nichts in der Tasche. Wie stehen wir denn da? Wer bezahlt unsere Spesen, heh? Lad uns wenigstens zum Frühstück ein. Aber zu Kaviar und Schampus! Auch nicht da? Zeig mal deine Uhr!"

Es war eine Rolex.

Wasen zog sie ihm ab.

„Die verwahren wir für dich. Heutzutage steht hinter jeder Ecke ein Dieb. Überfall auf Überfall. Was meinst du, Dietsch, wie schnell die Zwiebel da weg ist. Aber wir passen auf sie auf. Brauchst dich nicht zu bedanken."

Grinsend stiefelten sie hinaus, ließen ihn schweißüberströmt und gedemütigt zurück.

Als Wasen die Haustür öffnete, stand draußen ein großer, weizenblonder Mann. Ein Muttermal verunstaltete sein Gesicht.

Bineau hatte ein Lächeln auf den Lippen und wollte gerade auf die Klingel drücken.

Kleef schloß die Tür hinter sich. Sie gingen an ihm vorbei, nicht ahnend, wer das war.

Stures Volk! dachte Bineau.

Er schüttelte den Kopf und klingelte nun doch. Dietsch öffnete und erkannte ihn sofort.

„Freut mich, Sie wiederzusehen", sagte er und blickte zur Straße, wo Wasen und Kleef in einen alten Mercedes stiegen.

Im Terrassenzimmer genehmigte sich Dietsch einen doppelten Whisky. Den hatte er nötig. Seine Finger zitterten, und er war bleich wie gekochtes Hühnerfleisch.

Bineau hielt mit und sah sich unauffällig um.

„Damals, Dietsch, haben wir ein Geschäft außerhalb der Legalität (*Rechtmäßigkeit*) gemacht. Wir haben beide gut verdient. Ich konnte den Schmuck nach Südamerika verkaufen. An den Besitzer einer Kaffee-Plantage, der seine Arbeiter noch wie Sklaven hielt. Den Schmuck brauchte er wohl für eine seiner zahlreichen Freundinnen. Inzwischen ist er tot. Ich las es zufällig in der Zeitung. Aufständische, die nicht länger ausgebeutet und Sklaven sein wollen, haben ihn samt seiner Sippe umgebracht, bevor er in die USA fliehen konnte – wo er ein paar Millionen Dollar für seinen Ruhestand zurückgelegt hatte. Nun, er war kein netter Typ, der Senor. Ich kann seine Mörder verstehen. Trotzdem mag ich sie nicht. Aufständische kommen für unsereins als Käufer nicht in Frage. Nicht mal mit Waffenlieferungen kann man bei denen was gewinnen. Sie haben nichts. Später, wenn sie an den Schalthebeln der Macht sitzen, dann haben sie. Dann beuten sie ihrerseits Land und Mitmenschen aus, und das Ganze fängt an von vorn. Im Grunde ändert sich nichts. Nur einen feinen Unterschied gibt 's. Die Ausbeuter von gestern – die waren schon geübt im Umgang mit Reichtum, mit Kostbarkeiten und Besitz. Denen konnte man heiße Ware andrehen. Mein Plantagen-Besitzer hat damals eine Million berappt. Jetzt, das befürchte ich, hängt der Blaue Marinak am Halse einer Revolutions-Braut. Und die weiß nicht mal, was für ein Wertstück das ist. Wie geht es Ihnen, Dietsch?"

Dietsch wedelte mit schlaffer Hand. „Man lebt."

„Ich brauche Ihre Hilfe, Dietsch. Besser gesagt: eine Verbindung."

„Zu wem?"

Bineau lächelte dünn. „Zur Unterwelt."

„Ich fürchte, Sie schätzen mich falsch ein. Abgesehen von dem Geschäft damals . . ."

„Ich brauche einen Killer", fiel ihm Bineau ins Wort, „einen berufsmäßigen Mörder."

Dietsch starrte ihn an. „Ist Ihnen jemand im Wege?"

„Es geht um einen Saukerl, den das Gesetz nicht mehr fassen kann. Sein Verbrechen ist verjährt. Er hat, um es genau zu sagen, meine Schwester umgebracht. Es ist sehr lange her. Der Kerl glaubt sicherlich, es wird niemals entdeckt. Aber ich habe es entdeckt. Und ich will, daß er stirbt."

„Und dafür wollen Sie hier . . . hier . . . einen . . . einen mieten, der das macht?"

„Der Mörder meiner Schwester befindet sich hier."

„Ich begreife", nickte Dietsch. „Aber ich kann Ihnen nicht helfen. Ich täte es, aber ich weiß niemanden. Ich habe keine Verbindungen zur Unterwelt. Daß ich damals gestohlenen Schmuck verkaufte, war eine Ausnahme. Nur einmal habe ich das getan. Mit Ganoven bin ich nie in Berührung gekommen."

Abgesehen von vorhin, setzte er in Gedanken hinzu.

Bineau stand auf. „Ich kann mich darauf verlassen, daß alles unter uns bleibt."

„Selbstverständlich. Das mit Ihrer Schwester tut mir leid. Das Gesetz ist lückenhaft."

„Aber meiner Rache entgeht der Lump nicht", sagte Bineau.

★

Sie hielten vor dem RED ROSE und stellten ihre Motorroller ab. Locke glättete ihren Rock. Während sie zum Eingang gingen, streifte ihr Blick einen Schaukasten des Nachtklubs. Naserümpfend wandte sie sich ab.

„Mieser Schuppen!" meinte Tom. „Was für Landeier, die zuviel Geld in der Tasche haben. War nicht anders zu erwarten. Riechen wir mal vorsichtig rein, ja?"

Die Tür stand offen. Sie traten in die Garderobe. Auf dem Tresen lag Staub. Kleiderhaken reihten sich an der Wand. Leer, natürlich! Draußen war gleißender Vormittag; und das RED ROSE war schließlich ein Nacht- und kein Vormittagslokal.

Auf einem Stuhl hatte jemand Hausprospekte gestapelt.

Hinter der nächsten Tür – der, durch die 's reinging – heulten Staubsauger.

„Sie sind reinlich", grinste Tom. „Wasen, Kleef und Braddy machen Hausputz."

Aber es waren nicht die Ganoven, sondern drei Raumpflegerinnen.

Tom sprach sie an. „Wo geht's denn hier zu Herrn Braddy?"

„Die dritte Tür dort hinten. Aber er ist nicht da. Es ist überhaupt niemand da. Alles geschlossen. Hier wohnt er auch nicht."

„Sondern?"

Derweil sah Locke sich um. Der Raum wirkte schäbig – wie die meisten Nachtbars bei Tage. Das rote Kunstleder der Sessel und Bänke war durchgewetzt.

„An der Eichendorf Allee wohnt er", antwortete die Frau auf Toms Frage. „Karin, heh, weißt du genau, wo?"

„Es ist das Eckhaus vor der Abzweigung zum Golfplatz."

Tom bedankte sich. Sie schwirrten ab.

„Die arme Margot!" sagte Locke, als sie auf ihre Roller stiegen.

„Wenn die ihr was getan haben, möchte ich nicht Braddy, Wasen oder Kleef heißen."

Locke nickte. „Engelbert ist auch viel schöner."

„Hm. Fahren wir."

Die Eichendorf Allee lag jwd *(Berliner Dialekt: janz weit draußen),* und sie begrenzte ein grünes Viertel, wo mehr Grünanlagen als Häuser das Auge erfreuten.

Das besagte Eckhaus war nicht zu übersehen. Es war alt, hatte außer dem Hochparterre zwei Stockwerke, schmale Fenster und Mauern aus rotem Ziegelstein. Der Garten war karg. Ein Gittertor verschloß die Einfahrt zur Garage. Jalousien machten die Fenster dicht und hielten jeden Sonnenstrahl fern.

Der Bau kann alles enthalten, dachte Locke, während sie vorbei rollerten: Luxus oder ärmliche Kleinwohnungen, bürgerliche Gemütlichkeit oder eine Wohngemeinschaft für Ganoven.

Sie fuhren in Richtung Golfplatz, machten kehrt und schoben ihre Motorroller in die schmale Grünanlage, die sich auf einer Seite der Eichendorf Allee wie ein Saum hinzog.

In Höhe des Braddy-Anwesens stellten sie sich hinter Büsche.

Von drüben konnte niemand sie sehen. Aber sie hatten vollen Durchblick durch die Zweige. Nichts, was sich in der Ganoven-Burg abspielte, entging ihnen.

Aber momentan herrschte dort Friedhofsruhe, beziehungsweise die Stille eines heißen Spätvormittags. Vielleicht schlief man noch. Oder sie kochten zu dritt eine Nudelsuppe, um Margot – ihre Gefangene – zu füttern.

„Du bewachst die Roller", sagte Tom. „Ich pirsche mal rüber."

„Ist das eine Bitte oder eine Anordnung?"

„Ein Vorschlag."

„Na, gut! Er ist angenommen."

Tom grinste. „Aber paß wirklich gut auf! Der Saab ist vernichtet. Eine weitere Ausdünnung unseres Fuhrparks wäre verhängnisvoll."

„Sei vorsichtig, ja! Mir ist dieses Haus irgendwie unheimlich."

Tom hielt ihren Hut fest und legte den Kopf schief, um sie unter der breiten Krempe küssen zu können. Dann wieselte er über die Fahrbahn und drückte das Gittertor auf.

Es quietschte. Er schlich an der Schmalseite des Hauses entlang.

Zwischen Garage und Rückfront lag ein Hof. Der Boden war asphaltiert. Sieben Stufen führten zur Kellertür hinab.

Tom hüpfte hinunter. Eine Bohlentür. Er drückte auf die Klinke. Nur so aus Jux – denn verriegelt, verrammelt war hier bestimmt jede Ritze.

Zu seinem Erstaunen gab die Tür nach. Er blickte in einen erleuchteten Kellergang. Und huschte hinein.

Hinter der Biegung erscholl eine Stimme.

„Mensch, fass richtig an! Oder denkst du, ich schleppe ihn allein!"

Schlurfschritte näherten sich.

Toms Blick flitzte. Wo bot sich ein Versteck? Die Türen rechts und links? Abgeschlossen. Also zurück!

Als er sich umdrehte, schlug der Schreck voll bei ihm ein.

In der Kellertür stand ein Typ. Er bleckte die Zähne und hielt eine kleine Pistole in der rechten Hand. Er war mittelgroß, feist, hatte gelbliche Haut und dicke Lider. Ein Auge blickte besonders böse.

„Wie gut, wenn man sein Haus mal außen abschreitet. Wer bist du denn, Sohnemann?“

„Wie bitte? Ach! Ich komme, um den Strom abzulesen. Weil hier die Tür offen stand, dachte ich . . . Sie müssen wissen, ich bin neu in diesem Bezirk. Aushilfsjob! Während der Ferien . . . Ist das eine echte Pistole oder ein Zigarettenanzünder?“

„Soll ich jetzt lachen?“ Braddy hob die Stimme. „Erich! Thorsten! Habt ihr das gehört?“

Tom hörte Schritte hinter sich, machte aber keine Wendung.

Bekloppte Kiste! dachte er. Jetzt muß ich zigga (*cool*) bleiben. Hoffentlich hilft das.

„Ich glaube“, sagte Braddy, „das ist der Bengel, der zu diesem Rehm gehört. Nantes Beschreibung paßt. Aber das wollen wir genau wissen. Holt Nante mal her.“

Die Schritte entfernten sich.

„Sind Sie der Stromabnehmer Braddy?“ fragte Tom freundlich.

„Den Stromableser nehme ich dir jedenfalls nicht ab, Söhnchen. Wer hat dir gesagt, daß ich Braddy heiße?“

„Das weiß ich natürlich von den Stadtwerken. Woher sonst?“

Hinter ihm schlurfte es laut. Er drehte sich um.

Uih! Ein feistes Rotgesicht hielt ihn links, ein knochiger Gaul mit rotem Bürstenschnitt rechts. In der Mitte stand der falsche Pollner, der Pseudo-Pollner – nein, er stand nicht, er hing. Er war fast so kaputt wie Gunters Saab.

Um den Kopf trug er weiße Wickel: Verband. Seine Kinnlade schleifte auf dem Hemdkragen. Die Zunge baumelte zwischen den Zähnen. Die Knie knickten wie Knickstiefel, und der Blick driftete ziellos, war aber bemüht, sich auf Tom einzuschießen.

„Nante!" befahl Braddy. „Reiß dich zusammen, Mann! Ist das der Rehm-Bubi, einer der Glitter-Beschützer?"

Nante nickte.

„Stromableser", sagte Braddy, „sieh mir ins Auge!"

Tom wandte sich ihm zu.

Braddy war näher getreten.

Die Aufforderung ist wörtlich zu nehmen, dachte Tom. Er hat nur ein Auge. Das freundliche – das ist aus Glas.

„Verrat mir mal!" sagte Braddy, „wie du hierher gefunden hast."

„Das ist das Ergebnis unserer Aufmerksamkeit", behauptete Tom. „Ist echt wahr. Oder dachten Sie, wir schlafen auf beiden Augen. Ich bin nur der Voraus-Guerilla. Aber die Bullen, drei Dutzend, rücken nach. Sie müssen aufgeben, Mann! Hissen Sie die weiße Fahne, bevor hier die Raketen reinhauen. Sie haben Margot Glitter entführt. Das wurde beobachtet. Daher wissen wir 's. Klar?"

Braddy feixte. „Söhnchen, wenn die Bullen was wüßten, wärst du nicht hier. Und daß dieser Rehm dich schickt, glaube ich nimmer. Das ist doch so einer, der auf Verantwortung abfährt. Der schickt nicht die Kurzen ins Feuer und bleibt selber im Schatten. Junge, ich glaube, du bist ganz allein hergekommen."

Von Locke, du Armleuchter, werde ich dir jedenfalls nichts sagen! dachte Tom.

Er sagte: „Sie brauchen Margot Glitter nicht zu piesacken. Der Schmuck ist perdu (*verloren*). Das ist die reine Wahrheit."

„Weiß ich doch, Söhnchen. Daß die Glitter den Schmuck damals gleich verscherbelte, konnte niemand ahnen. Aber was meinen Profit (*Verdienst*) betrifft, mach dir keine Sorgen. Ich sahne ab, auch ohne die Klunkern. Doch erst müssen wir Nante beiseite schaffen. Der ist nämlich verletzt, wie dir vielleicht auffiel. Eine kleine Kopfnuß nur – aber er wirkt angestrengt und bedarf längerer Erholung. Im Stadtkran-

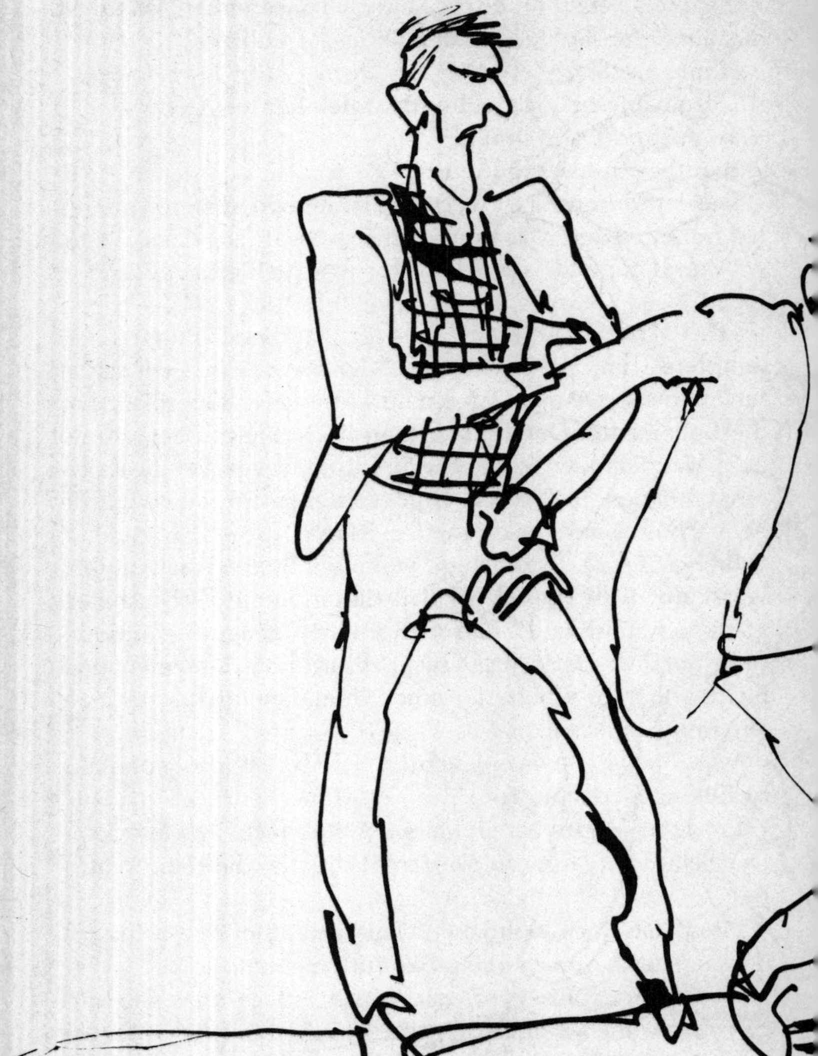

kenhaus ist das leider nicht möglich. Deshalb bringen wir ihn zu unserem lieben Freund Pollner. Der bewohnt eins unserer hübschen Verstecke. Und ich wette, der flippt aus, wenn er dich sieht, Söhnchen."

„Hat er wieder eine Tempobombe gebastelt?"

„Der denkt sich was anderes aus. Was neues. Der hat 1000 Gesichter und ebenso viele Einfälle. Das imponiert mir. Er nützt uns zwar nichts, zumal sich die Sache mit der Glitter als Pleite erwiesen hat. Aber ich halte mir Pollner wie einen Hofnarren. Netter Luxus, was? Andere halten sich Hunde, Pferde, Löwenbabies oder eine Bande von Schmarotzern. Ich halte mir einen rachelüsternen Randale-Freak (*Wüterich*). Schade, daß man das nicht in die Klatschspalten geben kann."

„Probieren Sie 's doch mal bei meinem Schwiegervater in future (*Zukunft*), dem Rehm. Der ist ein Ass beim Tagblatt."

„Der wird dir einen netten Nachruf schreiben, bevor er selbst an die Reihe kommt", lächelte Braddy. „Was glaubst du, wie sauer der Pollner ist. Letzte Nacht vermeinte er, er hätte dich und das Mädchen hinter den Flammen im Autowrack gesehen. Als heute morgen in den Nachrichten kam, daß nichts ist, hat er sich ins Knie gebissen."

„Soviel beknackte Nullen wie euch kann kein Computer addieren", sagte Tom durch die Mundwinkel. „Ich mach jetzt 'ne Mücke. Bye bye (*Wiedersehen*)!"

Sie fesselten ihn.

Er konnte keinen Widerstand leisten, sein Karate nicht ausspielen. Braddys Pistole hielt ihn in Schach.

„Nehmt meinen Cadillac", sagte Braddy zu seinen Handlangern. „Wenn ihr den Jungen in den Kofferraum packt, fallt ihr nicht auf. Nante auf den Rücksitz! Aber so, daß keiner ihn sieht. Ich fahr in die Stadt. Nachher treffen wir uns im Club. Aber ich komme frühstens um fünf. Ist das klar? Frühstens um fünf! Bis dahin ist tote Hose im Karton. Ich freizeite! Auch wenn ich in keiner Gewerkschaft bin."

„Wir sind 's", grinste Wasen. „Beschissen hohe Beiträge! kann ich nur sagen. Und sowieso alles Dummschmus. Aber was soll man machen? Man muß doch gewappnet sein. Gegen Arbeitgeber wie dich, Chef – hahahahahah!"

Alle stimmten gröhlendes Gelächter an, an dem sich nur Tom und Nante nicht beteiligten. Tom nicht, weil er den Anlaß keineswegs komisch fand. Nante, der Ex-Schauspieler und Pseudo-Pollner, begriff nur noch, daß eins und eins drei ist.

Kleef holte den Cadillac aus der Garage, wo außerdem ein englischer Roadster (*Sportzweisitzer*) mit offnem Verdeck stand.

Kein Nachbar konnte was sehen, als Tom in den Kofferraum geladen wurde. Es war nicht einfach, mit gefesselten Händen einzusteigen. Aber Wasen trat ihn kräftig ins Hinterteil. Kleef stieß ihm die Faust in die Nieren. Braddy lachte herzlich. Und Tom fiel wie ein Sack Frühjahrskartoffeln in den großräumigen Kofferraum.

Platsch! klappte der Deckel zu.

Nante wurde offenbar gestützt. Tom hörte, wie sie ihn führten, wie sie ihn trösteten, wie Braddy zum Schluß sagte: „Nun stopft ihn doch rein, den Versager."

Sekunden später rollte der Wagen an.

Tom wälzte sich auf die Seite.

Der Käfig war geräumig, aber stickig und duster.

Himmel, was wird Locke denken! Sie kann ja nicht ahnen, was die mit mir machen. Sie hockt drüben im Park und beobachtet und beobachtet und – sieht, wie der Cadillac abfährt. Sie wird sich wundern, wo ich bleibe.

14. Pollners Versteck

In dem kleinen Park begann die Mittagspause. Nur ein betagtes Frauchen mit ihrem Dackel taperte umher. Die Anlieger hatten Null-Interesse am Grün. Niemand störte Locke.

Sie hatte ihren Strohhut auf den Rollersitz gelegt. Ihre Bambi-Augen spähten durch die Blättergarnitur der Büsche.

Eben hatte ein Kotztyp mit Rothaar-Bürste einen US-Schlitten – Cadillac oder so – aus der Garage gerollt und hinterm Haus abgestellt. Was dort geschah, konnte sie nicht sehen.

Ein vierschrötiges Rotgesicht kam zum Tor, öffnete es und wartete auf den Cadillac. Der kam und rollte auf die Straße. Rotgesicht zog sich die rutschende Hose hoch und stieg in den Wagen.

Auf dem Rücksitz richtete sich in diesem Moment ein Nachtgespenst auf – jedenfalls eine Horror-Gestalt mit verbundenem Kopf.

Waaaaas? dachte Locke. Das ist doch der Pseudo-Pollner, der Nante, der Pistolen-Typ, der Papi entführt hat. Und jetzt sieht er aus wie die Reste vom Polterabend. Welcher Punk geht denn da ab im Karton (*Was ist da los*)?

Der Cadillac rollte stadtauswärts. Nichts gab Antwort auf ihre Überlegung.

Sie blieb, wartete auf Tom, beobachtete.

Wenig später schnurrte ein Roadster, signalrot und offen, zum Tor.

Ein Insasse. Der sah aus wie der Alptraum einer Mädchenschule und lenkte sein Oben-ohne-Auto in Richtung Innenstadt.

Locke sah ihm nach, spähte zum Haus hinüber und wartete. Wo blieb Tom?

Zeit verstrich. Die Singvögel im Park gaben sich hitzefrei. Ein paar Wagen fuhren zum Golfplatz. Die Sportler waren alle schon hoch in den Siebzigern. Einige hatten drei Brillen mit, um im Laufe des Nachmittags vom Abschlag bis ins neunte Loch zu gelangen: eine für weite Schläge, eine für Maßarbeit auf mittlere Entfernung, eine – sozusagen die Lesebrille – zum Einputten (*den Ball ins Loch befördern*).

Tom kam nicht.

Die keimende Unruhe in Locke wuchs.

Dann wurde es Gewißheit. Da mußte was passiert sein.

War Tom in eine Jauchegrube gefallen und ruderte jetzt hilfslos durch die Brühe, gegen die der Rasenböcker Entenpfuhl das reinste Trinkwasser war? Oder hatte er sich in einer Bärenfalle gefangen, mit der Braddy und Co. das Haus gegen Eindringlinge absicherten?

Locke hielt es nicht mehr aus, ließ die Roller im Stich, lief hinüber und durchs offene Tor auf das Grundstück.

Sie umrundete das Haus.

Eingang und Kellertür waren verschlossen.

Sie faßte sich ein Herz und klingelte.

Sie hörte, wie die Glocke im Haus anschlug. Aber niemand kam. Die vier, die abgerauscht waren, stellten offenbar die ganze Belegschaft dar.

Wo war Tom geblieben – etwa in einem der Wagen gewesen? Gefesselt? Geknebelt? Verschleppt? Oder hatten sie ihn, falls er entdeckt worden war, hier eingekerkert?

Da hilft alles nichts! dachte sie – und nahm eine Stange, die auf dem Hof herumlag.

An der Rückfront schlug sie die Milchglasscheibe eines schmalen Fensterchens ein.

Es war eine Art Gäste-Klo, wie sich erwies.

Locke krabbelte hinein, sprang vom Klosettdeckel auf gefliesten Boden und öffnete vorsichtig die Tür.

Sie blickte in einen lieblos eingerichteten Flur. Stille. Nur in einer fernen Küche sprang surrend ein Eisschrank an.

Sie begann mit der Durchsuchung des Hauses, fing ganz oben an, arbeitete sich systematisch nach unten, sah allerhand, aber nichts, was sie seelisch vom Hocker riß, und ge-

langte schließlich in den Keller, wo sie alle Räume durchforschte. Der letzte hatte eine Stahlblechtür, an der außen der Schlüssel steckte.

Sie schloß auf und sah in einem dunklen, offenbar fensterlosen Raum.

„Tom?"

„Locke! Looooocke . . ."

Der Freudenschrei hätte auf eine Opernbühne gepaßt, erreichte nämlich mühelos das hohe C. Dann stürmte Margot Glitter aus dem Dunkeln heran und fiel Locke um den Hals.

„Du? Locke, du befreist mich. Wo . . . wo . . . Oh, mein Gott! Wo sind die andern? Die Verbrecher haben mich entführt und hier eingesperrt. Ich war . . . ja, in meiner Wohnung! Es war dumm von mir. Und plötzlich . . ."

Nein! dachte Locke. Also, das zerlegt mich! Ich suche meinen Beziehungs-Elch – und stoße auf Margot! Wenn das nicht schärft!

„Margot, ist Tom hier?"

„Tom, wieso? Ist er nicht bei dir?"

„Jedenfalls bist du gesund?"

„Sie haben mir nur gedroht. Mißhandelt haben sie mich

nicht. Zwei sind's. Ein Rothaariger und ein Feister mit Tomatengesicht. Die . . ."

„Erzähl's später! Wir müssen weg hier. Ich bin nämlich allein."

Das fuhr Margot wie Rheuma in die Knie. Aber sie schaffte die Flucht. Durchs Klo-Fenster seilten sie sich ab. Kein Ganove kehrte vorzeitig zurück. Ohne Behinderung erreichten sie den Park und die Motorroller. Margot begann zu weinen. Für ein paar Momente hingen ihre Nerven durch. Aber dann gewann Freude die Oberhand.

Was ihr widerfahren war, konnte sie rasch erzählen. Die beiden Typen waren letzte Nacht plötzlich in ihre Wohnung gekommen, hatten sie überwältigt und mit Chloroform (*Chlorgas*) betäubt. Aufgewacht war sie in ihrem Verlies. Dort hatten die beiden sie verhört, sich aber schließlich zufrieden gegeben, als sie Hans-Dieter Dietsch nannte und ihn als damaligen Schmuckkäufer preisgab.

„Diese beiden sind sicherlich Wasen und Kleef", meinte Locke. „Dann ist Braddy die Gelbhaut. Aha! Ihm gehört die Hütte. Daß der sich vor dir nicht blicken ließ, Margot, heißt: Sie hätten dich laufen lassen. Bei der Polizei wärst du dann das Dummchen gewesen, hättest nämlich nicht sagen können, wo dein Gefängnis ist. Daß dir Wasen und Kleff in unserer Riesenstadt so bald über die Füße stolpern, ist nicht anzunehmen. Es sind ja nicht dieselben Kreise, in denen ihr verkehrt. Braddy hätte also nichts zu befürchten gehabt – keine Entdeckung. Deshalb, logo, war dein Leben nicht in Gefahr."

„Das hätte ich wissen müssen, Locke. Ich hatte fürchterliche Angst."

„Die habe ich jetzt wegen Tom. Da er nicht hier ist, wurde er also in einem der Wagen abtransportiert. Wir müssen sofort meinen Papi verständigen. Hoffentlich ist er bei Helga. Er war nämlich auf der Suche nach dir."

Sie rollerten zur Conradi-Adresse: Locke mit Toms Hirsch,

Margot auf Lockes Roller, der zahmen Ausgabe. Margot war nur ihren Porsche gewohnt. Als Zweiradfahrerin besaß sie überhaupt keine Übung.

Gunter war bei Helga. Den beiden blieb die Spucke weg.

Nur Minuten später wurde Kommissar Loeben von Gunter verständigt, und die Fahndung nach einem nußbraunen Cadillac und einem roten Roadster begann. Leider hatte Locke nicht auf die Kennzeichen geachtet.

★

Bineau wußte, daß sein Schwager Duval im Hotel HOFGARTEN wohnte. In einem Hochhaus schräg gegenüber wurde in der dritten und vierten Etage ein Hotel garni (*nur mit Frühstück*) betrieben. Dort nahm er ein Zimmer.

Jetzt, gegen Mittag, stand er am Fenster und beobachtete den Eingang des HOFGARTEN.

Sein Entschluß stand fest. Es war dumm gewesen, nach einem Killer zu suchen. Nein, er selbst mußte es tun. Er wollte Duval töten. Das war er Claire und sich schuldig. Außerdem – jahrzehntelang gestaute Abneigung überspülte jetzt alle seelischen Dämme. Er fühlte, daß es ihm Vergnügen machen würde, Duval ins Jenseits zu befördern.

Im Telefonbuch fand er die Rufnummer des HOFGARTEN.

Er wählte. Der Empfang meldete sich.

„Bitte, Herrn Duval!"

Es dauerte nur Sekunden, bis er die Stimme seines Schwagers vernahm.

„Duval."

Bineaus Gesicht erstarrte zur Maske. Er horchte, aber er sagte kein Wort.

„Hallo?" murmelte Duval. „Wer ist dort? Melden Sie sich!" Dann: „Braddy? Sind Sie's?"

Bineau hörte gepreßten Atem. Schließlich murmelte Duval einen Fluch und legte auf.

Bineau verließ das Hotel, winkte einem Taxi und ließ sich in einen Stadtteil bringen, wo kleine Geschäfte in dunklen Gassen auf eine bestimmte Kundschaft warten. Second-hand-Shops (*Gebrauchtwarenläden*), Antiquitätenhändler und Teppichverkäufer aus dem Nahen und Fernen Osten haben sich hier etabliert (*niedergelassen*).

Vor einem kleinen Laden blieb er stehen.

Fliegendreck sprenkelte die Schaufensterscheibe. In einer Ecke der Auslage wob eine Spinne ihr Netz. Auf einer Samtunterlage breiteten sich ‚Gelegenheitskäufe' aus: Granatsplitterschmuck, Silberketten, zwei japanische Kameras, eine wenig getragene Nerzjacke, Zinnkrüge, orientalische Dolche, Kamelpeitschen, eine Steinschloß-Pistole, ein Säbel aus Kaisers Zeiten und eine Sarasqueta-Doppelflinte.

Bineau trat in den halbdunklen Laden, blieb vor dem Tresen stehen, drückte seine Zigarette in den Aschenbecher und nahm die Sonnenbrille ab.

In einem Durchgang teilte sich der Vorhang. Ein Kahlkopf mit Schwabbelkinn schlurfte herein.

„Was kann ich für Sie tun?"

„Sie haben eine Flinte im Schaufenster."

„Ja. Aber die funktioniert nicht. Ist nur Dekoration (*Ausschmückung*). Ich bin kein Waffengeschäft."

Bineau lächelte. „Schade. Ich suche eine Waffe."

„Sie besitzen Waffenschein und Waffenerwerbsschein?"

„Selbstverständlich. Aber im Moment habe ich die nicht bei mir. Ich bin fremd hier und habe nur den Reisepaß mit. Ich dachte auch mehr an – eine gebrauchte Waffe. Sie darf uralt sein. Hauptsache, sie trifft. Es geht mir nämlich darum – also ich sag's ehrlich: Ich will einen verdammten Köter abschießen, der alle naselang in mein Schafgatter einbricht und mir die Lämmer reißt. Ist wahrscheinlich ein halber Wolf. Ich bin Besitzer einer keinen Landwirtschaft, müssen Sie wissen."

„Hm." Der Kahlkopf musterte ihn.

„Der Preis spielt keine Rolle“, sagte Bineau leise.

Der Trödler hatte die Stirn gerunzelt. Blasse Augen schätzten Bineau ein.

„Vielleicht hätte ich was für Sie. Einen Mannlichen Schönauer Stutzen. Kostet 1100. Und wenn Sie irgendwo erzählen, daß Sie ihn von mir haben – verklage ich Sie! Denn wie gesagt: Ich bin keine Waffenhandlung.“

„Alles klar. Haben Sie auch Munition?“

„50 Schuß. Die kriegen Sie als Rabatt.“

Wenig später verließ Bineau den Ramschladen mit einem schmalen Paket, dem man nicht ansah, was es enthielt. Er fuhr zum Hotel zurück und ging auf sein Zimmer.

Über seinen Plan hatte er nachgedacht. Er wollte Duval folgen, bis der Augenblick günstig war. Aber die technische Voraussetzung stimmte noch nicht.

Wieder verließ er sein Zimmer. Als er zurückkehrte, hatte er einen sogenannten Fuchsschwanz, eine kurze Säge, eingekauft – und einen Golfschlägerbeutel aus steifem Leinen.

Er probierte, ob das Gewehr darin Platz hatte, aber der Kolben ragte in voller Länge heraus.

Bineau sägte ihn ab, glatt und sauber, genau hinter dem Griff. Jetzt ließ sich die Waffe nicht mehr in die Schulter einlegen. Aber auch bei größerer Entfernung würde es noch zu einem sicheren Schuß reichen.

Er setzte sich auf die Bettkante. Für einen Moment stützte er das Gesicht in die Hände. Dann griff er zum Telefon. Wieder rief er beim HOFGARTEN an. Er wurde mit Duval verbunden.

Bineau legte sein mehrfach gefaltetes Taschentuch über die Sprechmuscheln.

„Duval“, meldete sich sein Schwager.

Dumpf murmelte Bineau. „Erinnerst du dich an Claire?“

„Was? Hallo, wer spricht dort?“

„Das spielt keine Rolle, Duval. Ich will wissen, ob du dich an Claire erinnerst?“

Du hast deine Frau ermordet Teufel!

„Natürlich! Sie war meine Frau. Heh, warum sagen Sie nicht, wer Sie sind? Haben Sie vorhin schon mal angerufen?"

„Du hast deine Frau ermordet, Duval."

Bineau blickte auf den Sekundenzeiger seiner Armbanduhr und stoppte das Schweigen. 18 Sekunden vergingen, bis Duval seine Stimme wiederfand.

„Sind Sie wahnsinnig? Wieso . . . Ach, mit Ihnen rede ich überhaupt nicht."

Aber er legte nicht auf.

„Damals hast du sie erschlagen, Duval. Du hast die Tote versteckt. Ich sah alles. Aber zu jener Zeit konnte ich dir nichts anhaben. Doch jetzt ist das anders. Vor 22 Jahren sah ich dich in Brüssel. Jetzt bin ich dir hier begegnet und habe dich wiedererkannt."

Duvals Stimme klang, als stecke sein Hals in der Schlinge. „Wer sind Sie? Kommen Sie zu mir! Wir reden über alles. Geld – ist es das? Wollen Sie Geld? Ich besitze viel. Kommen Sie her!"

Bineau lächelte böse. Duval war reif. Vielleicht brachte er ihn soweit, daß er sich aus dem Fenster stürzte.

„Geld habe ich selbst genug, Duval. Ich bin sowas wie die ausgleichende Gerechtigkeit. Ich fange auf, was dem Gesetz durch die Maschen schlüpft. In deinem Fall heißt es Auge um Auge. Du sühnst mit dem Tod."

„Ich kann Ihnen eine halbe Million geben", schrie Duval. „Sofort. Ich habe das Geld hier."

„Du stirbst, Duval, bevor es Mitternacht wird. Egal, was du versuchst. Ich bin immer in deiner Nähe. Und wenn du um Schutzhaft ersuchst, könnte ich der Polizist sein, der dir das Essen bringt."

„Hallo! Sie! Bestimmt werden wir uns . . ."

Bineau legte auf. Dann setzte er sich ans Fenster und ließ keinen Blick vom Eingang des Hofgarten-Hotels.

★

Seit zehn Minuten knabberte Tom an dem Strick, mit dem seine Hände zusammengeschnürt waren. Er schmeckte nicht und war zudem zäher als das sehnigste Suppenhuhn. Doch Tom besaß fast so gute Zähne wie Nicki, deshalb unterlag die Fessel – fiel nämlich jetzt ab.

Er knetete die Finger, legte sich bequem auf den Rücken und fand, daß es sich in einem großen Kofferraum nicht übel reiste.

Der Wagen verlangsamte das Tempo, bog irgendwo ein, rollte nur noch und hielt.

Aha! Tom schlang sich die Fessel um die Handgelenke. Die zerbissenen Enden hielt er mit dem Daumenballen fest.

Kleef und Wasen stiegen aus, kamen nach hinten und redeten halblaut.

„. . . Pollner scheint nicht da zu sein", brabbelte Wasen. „Ist wohl wieder unterwegs mit einem seiner 1000 Gesichter. Hast du den zweiten Schlüssel?"

Kleef sagte, er hätte ihn. Laut fügte er hinzu: „Bleib noch im Wagen, Nante! Erst nehmen wir uns den jungen Burschen vor. Der kriegt jetzt eins rein!"

Der Deckel des Kofferraums schwebte hoch.

„Raus!" befahl Wasen.

Tom richtete sich in sitzende Stellung auf.

Sie befanden sich in der Einfahrt vor einer Garage. Hohe, dichte Hecke umfriedete das Grundstück.

Wasen und Kleef standen gleich hinter dem Wagen.

Tom gab sich Schwung – mit seinen scheinbar gefesselten Händen – und kam auf die Füße. Wasen trat noch näher, um ihn zu packen.

Toms linker Fuß schnellte vor. Mit einem Mae-Geri-Ke-Age (*Karatetritt*) wuchtete er Wasen seinen Turnschuh der Größe 9 1/2 an den Kiefer.

Rotgesicht fiel um, ohne einen Laut von sich zu geben.

Kleef versteinerte. Statt zur Waffe zu greifen, glotzte er fassungslos.

Mit einem Handkantenschlag hinters Ohr mähte Tom ihn zu Boden.

Er sprang aus dem Kofferraum, untersuchte die beiden, fand zwei Pistolen, blickte zum Haus, wo sich nichts rührte, und achtete auch auf Nante. Aber der lag auf den Rücksitzen und bekam kaum noch was mit.

Tom wartete, bis sich Kleef und Wasen erholten. Es dauerte ziemlich lange. Viel wert waren sie auch dann nicht, sondern total kaputt – an Leib und Gemüt. Immerhin konnte Kleef das Häuschen aufschließen. Zusammen mit Wasen schleppte er Nante hinein.

Tom fand ein Kellerloch mit vergittertem Fenster. Dort sperrte er die drei ein. Dann lief er auf die Straße, um erstmal festzustellen, wie diese Adresse lautete.

Im Wohnraum war ein Telefon.

Er rief bei seiner Mutter an. Gunter meldete sich.

„Ich bin's", sagte Tom. „Ich bin in der Wonneberger Landstraße. Hausnummer 167. Ja, ich konnte mich befreien. Wasen und Kleef habe ich festgenommen. Diesen Nante auch. Aber der war vorher schon mehr tot als lebendig. Hat wohl eins auf die Nuß gekriegt – weiß nicht, von wem. Dieses Haus ist übrigens Pollners Versteck, wie Braddy sagte. Pollner ist zwar im Moment nicht hier. Aber vielleicht kommt er gleich. Dann nehme ich ihn in Empfang. Braddy geigt irgendwo in der Stadt rum. Er will freizeiten, hat er gesagt. Für 5 Uhr hat er sich im Red Rose mit seinen Komplicen verabredet. Die kommen ja nun nicht mehr. Der Polizei kannst du sagen, wo sie Braddy erwischt."

Gunter holte tief Luft.

„Urggghhh! Tom, im Moment fehlen mir die Worte. Locke hat noch welche auf Lager. Sie steht neben mir. Ich gebe sie dir."

„Hallo, Tom!" erscholl ihre liebliche Stimme. „Ich habe mitgehört. Alle Knochen heil, Mitarbeiter? Als Detektiv scheinst du fast so begabt zu sein wie ich."

15. K. O. auf der K. O.-Brücke

Braddy saß in seinem italienischen Stammlokal, der FATTORIA, und speiste. Gerade, als er den Nachtisch bestellen wollte, rief man ihn ans Telefon.

„In der Kabine, Signore Braddy", sagte der Cameriere (*Kellner*).

Braddy unterdrückte einen Fluch. Er haßte es, wenn man ihn beim Essen störte, ging zur Telefonzelle und meldete sich.

„Ich bin's", sagte Duval. „Ich hatte im Red Rose angerufen. Dort gab mir eine Putzfrau diese Nummer hier, weil sie meinte, mittags wären Sie dort häufig . . ."

„Jaja", unterbrach Braddy. „War ja richtig. Was ist?"

„Bitte, sagen Sie mir eins: Was wissen Sie von Claire?"

„Von wem?"

„Es war nur eine Frage. Ja, ich bin mir sicher, daß Sie nicht dahinterstecken."

„Zum Teufel! Wovon reden Sie?"

„Es ist eine alte Geschichte. Sie gehört nicht hierher. Weshalb ich anrufe, Braddy, ist . . . Doch zunächst mal was anderes! Was Sie gestern nacht mit mir vorhatten, darüber bin ich mir im klaren."

„Alles Unsinn. Sie scheinen an Verfolgungswahn zu leiden."

Aber Braddy grinste. Er spürte, daß Duval in der Klemme saß.

Der atmete jetzt, als müsse er sich einen Stein von der Brust wälzen.

„Braddy, mal ehrlich! Haben Sie den Schmuck?"

„Noch nicht."

„Das dachte ich mir."

„Was wollen Sie damit sagen?"

„Nichts. Aber ich mache Ihnen ein Angebot."

„Ich höre."

„Sie sind auf mein Geld scharf, Braddy. Der Überfall letzte Nacht war nichts anderes als der Versuch, mir das Geld ohne Gegenleistung abzunehmen. Jetzt biete ich Ihnen – sagen wir – 300 000. Wenn Sie mir helfen."

„Soso. Worum geht's?"

„Mich verfolgt jemand."

„Wer?"

„Ich weiß es nicht. Vermutlich kenne ich ihn nicht mal. Er rief eben an. Er bedroht mich. Wegen einer Sache, die 22 Jahre zurückliegt. Was das ist, geht nur mich was an. Jedenfalls will er mich umbringen. Heute noch. Ich soll Mitternacht nicht mehr erleben."

„Und Sie dachten, ich wäre das. Haben Sie mich deshalb nach Claire gefragt?"

„Ja", kam es zögernd zurück. „Wollen Sie mir helfen?"

„Wie stellen Sie sich diese Hilfe vor, Duval?"

„Sie sind doch von harten Jungs umgeben. Die verstehen ihren Job. Halten Sie mir den Unbekannten vom Leib. Am besten wäre, er verschwindet auf Nimmerwiedersehen."

„Für 300 000 läßt sich das machen. Aber wir müssen Einzelheiten besprechen. Kommen Sie her! Nein! Nicht hierher. Ins Red Rose. Ich bin gleich dort."

„Aber . . . wenn ich jetzt mein Hotel verlasse, kann mich der Kerl . . . Ich meine, er lauert draußen irgendwo."

„Im Hotel gibt es zig Möglichkeiten, an Sie ranzukommen. Dort sind Sie verraten und verkauft. Am sichersten sind Sie, wenn Sie ein Taxi nehmen und sich zu meinem Nachtklub bringen lassen."

„Also gut! Ich bin gleich da."

Braddy hatte nur wenige Meter zu Fuß. Das RED ROSE stand zu dieser Zeit noch nicht unter polizeilicher Beobachtung. Niemand behelligte den Ganovenchef, als er seinen Nachtklub betrat.

★

So ein Aufgebot hatte das Häuschen Nr. 167 in der Wonneberger Landstraße noch nicht erlebt.

Drei Polizeiwagen parkten in der Einfahrt. Helga hatte ihren BMW an der Straße abgestellt.

Locke, Helga, Margot, Gunter und Mike – jeder schloß Tom in die Arme. Nicki war mitgekommen und beteiligte sich an der allgemeinen Freude, indem er alles versuchte, um seinem Herrle das Gesicht abzuschlecken.

Kommissar Loeben ließ sich von Tom berichten, Polizeibeamte kümmerten sich um Nante, Wasen und Kleef. Von denen war keiner in Hochform. Aber Ferdinand Richard, genannt Nante, machte nun endgültig schlapp und wurde schleunigst ins Krankenhaus gebracht, wo man eine erhebliche Schädelverletzung feststellte und ihn versorgte.

„Pollner hat sich nicht blicken lassen", bedauerte Tom. „Aber seine Klamotten hängen im Kleiderschrank."

„Vielleicht hat er beobachtet, was hier abrollt", meinte Locke. „Dann pfeift er auf seine Zweitkluft, macht 'ne Flatter und kommt nie wieder her."

Das war zu befürchten. Trotzdem postierte Kommissar Loeben drei Kripo-Beamte im Haus; um Pollner zu empfangen, falls er doch noch aufkreuzte.

Die Rehms, die Conradis, Margot und Nicki – alle stopften sich in den BMW.

Helgas Haushälterin hatte ein leckeres Mittagessen gekocht. Man aß am großen Tisch. Wer was erlebt hatte – in erster Linie also Margot, Locke und Tom – mußte erzählen.

Mike hatte an diesem Vormittag lediglich seine Maschine aufgetankt und kam sich ganz mickrig vor.

„Diesen Braddy – den erwischt die Polizei", meinte Gunter. „Den Pollner entweder auch – oder er müßte kapieren, daß für ihn nichts mehr drin ist. Vielleicht stellt er sich freiwillig oder . . ."

„Der?" rief Margot. „Nie! Den treibt sein Haß – wenn's sein muß ins Verderben."

„Wahrscheinlich haben Sie recht", nickte Gunter. „Das bedeutet, Kinder, wir müssen weiterhin vorsichtig sein."

Nach dem Essen nahm Locke ihren Freund beiseite.

„Statt rumzuhängen, können wir uns nützlich machen. Es ist zwar noch lange nicht 17 Uhr. Aber das Red Rose – finde ich – sollte schon vorher observiert (*beobachtet*) werden."

„Könnten meine Worte sein", nickte er. „Also auf die Roller, Schatzi."

★

„Halten Sie!"

Bineau beugte sich vor, tippte dem Fahrer auf die Schulter und hielt ihm einen 50-Mark-Schein hin.

„Hat gut geklappt", murmelte Bineau. „Man sollte Sie weiterempfehlen."

Der Fahrer grinste. Er war jung und freute sich, daß er 50

D-Mark kassieren konnte – anstelle der 12,40 DM, die der Taxameter anzeigte.

Daß ihn ein Fahrgast bat, einem Wagen unauffällig zu folgen, kam gelegentlich vor.

Was geht mich das an, dachte er – und wartete, bis sein Fahrgast samt seiner Golfschlägertasche ausgestiegen war.

Auch Duval hatte ein Taxi genommen, das jetzt vor dem RED ROSE hielt.

Bineau stand hinter einer Litfaßsäule und beobachtete ihn.

Duval verschwand in dem Schuppen. Sein Taxi fuhr ab. Bineau sah sich um. Wagen preschten vorbei. Am Himmel ballten sich schwarze Wolken. Die Luft roch nach Gewitter. In der Ferne grummelte es – wie Kanonendonner. Nicht mehr lange, und über der Stadt würde ein Unwetter niedergehen. Die Schwüle nahm zu.

Dem RED ROSE gegenüber versperrte ein Bauzaun freies Gelände. Man hatte einen morschen Häuserblock abgebrochen. Schutt, Lehm und bröckliges Fundament füllten jetzt die Lücke. Die Flanken der angrenzenden Häuser waren fensterlos – logo, denn da hatte sich Mauer an Mauer gerieben.

Bineau überquerte die Straße. Kinder hatten Latten im Bretterzaun losgeschlagen. Er schlüpfte durch die Öffnung. Vor ihm türmte sich ein Schuttberg.

Zufrieden sah er sich um. Es war noch besser, als er gehofft hatte. Niemand konnte ihn sehen.

Er lief ein Stück, bis ihn nur noch die Straßenbreite vom RED ROSE trennte. Er benutzte den Gewehrlauf als Hebel, löste ein Brett und schob es zur Seite. Durch den Spalt sah er den Eingang des Nachtklubs. Prüfend peilte er über Kimme und Korn.

Das Gewitter kam näher. Donner grollte.

Wenn ich den richtigen Moment abpasse, dachte er, hält man den Schuß für Donnergrollen. Dann ist er hin, der Hund! Was macht der eigentlich um diese Zeit in dem Schuppen? Egal, ewig kann er nicht bleiben.

Es begann zu regnen. Der Himmel öffnete seine Schleusen. Innerhalb weniger Augenblicke war Bineau naß bis auf die Haut.

Nach dem Schuß, dachte er, werfe ich die Knarre hinter den Müllberg. Ich laufe rüber zur Parallelstraße. Ein Taxi. Zurück ins Hotel. Mit der nächsten Maschine schwirre ich nach Brüssel, und kein Mensch wird mich je in Verbindung bringen mit dem Tod von Duval.

★

Locke und Tom standen in einer Toreinfahrt. Zufällig in jener, die auf den RED ROSE-Hinterhof führte. Dort hatten sie ihre Roller abgestellt. Der Torbogen taugte als Dach – und bewahrte sie vor dem Wolkenbruch. Freilich war das trockne Plätzchen klein. Nur eng umschlungen reichte es für zwei.

Sie hatten Bineau beobachtet, allerdings nicht gesehen, daß er mit dem Taxi gekommen war.

„Na, endlich!" sagte Tom. „Die Polizei rückt an."

„Wird auch höchste Zeit", meinte Locke, „daß sie diesen Schuppen umstellen."

„Ich glaube, der hat eine MP in seiner Golfschlägertasche. Jetzt steht er dort hinterm Bauzaum. Siehst du seine Füße?"

„Die sehe ich. Ist das der einzige Polizist?"

„Hm. Bestimmt nicht." Tom äugte links und rechts. „Die andern haben sich besser versteckt. Ich kann keinen entdekken."

„Eigentlich könnten wir 'ne Mücke machen. Für uns ist nichts mehr drin."

„Bei dem Regen?" Er hatte beide Arme um sie gelegt – und hätte es so ausgehalten bis zum Ende der Ferien.

„Na, gut! Aber wenn der Guß nachläßt, rollern wir ab."

★

In Braddys Büro roch es nach kaltem Rauch.

Duvals Hände zitterten. Er bemühte sich, seine Angst zu verbergen.

„Wirklich, Braddy, ich weiß nicht, wer das ist."

„Keine Vermutung?"

Duval schüttelte den Kopf. Denn wiederholte er das Telefongespräch mit dem Unbekannten, soweit er die Worte noch im Kopf hatte.

„Das hilft uns nicht weiter", meinte Braddy. „Aber wir räumen den Kerl weg, worauf Sie sich verlassen können. Um ihn aufzuspüren, gibt es allerdings nur eine Möglichkeit. Wir müssen Sie als Köder benutzen."

Duval dachte nach. „Hoffentlich überlebe ich das."

„Wir passen schon auf."

„Sobald der Kerl tot ist, lege ich Ihnen 300 000 auf den Tisch."

Braddy nickte. „Ich rufe uns jetzt ein Taxi, und wir fahren zu mir. Mit meinen Jungs bauen wir eine Falle auf. Wir besprechen alles. Sie, Duval, erleben den morgigen Tag. Ihr Feind ist so gut wie tot."

Regen prasselte gegen die Scheiben, als sie das Büro verließen. Braddy schloß ab. Niemand war mehr im Hause. Der Barraum war leer. Sie gingen durch die Garderobe. Braddy öffnete die Eingangstür, streckte den Kopf hinaus und witterte nach rechts und nach links.

„Kein Mensch zu sehen."

Sie traten unter das Vordach. Die Straße war leer, der Regen dicht wie ein Vorhang. Die Blitze zuckten nicht mehr. Aber Donner grollte.

In diesem Moment peitschte der Schuß auf.

★

Tom küßte Locke aufs Ohr. Sie kicherte. Leider wurden ihre Zärtlichkeiten gestört. Ein Radfahrer suchte Schutz vor dem Regen und stellte sich unter den Torbogen. Es war ein schäbiger Typ mit blondem Fransenbart, Nickelbrille und langer Mähne.

Lächelnd nickte er den beiden zu.

„Sauwetter, was?"

„Ich finde Regen schön", sagte Locke. „Ich finde jedes Wetter schön. Der wahre Scheiß wäre, wenn wir überhaupt kein Wetter hätten, wie? Worüber sollten die Leute dann reden?"

„Jaja", nickte der Typ. Dann hängte er seine Schulter an die Torbogenmauer und glotzte auf die Fahrbahn, wo fette Regentropfen wie Knallerbsen platzten.

Das war der Augenblick, da sie den Schuß hörten.

Toms Arme fielen von Locke ab. Ein Riesensatz brachte ihn auf die Straße. Was er sah, war wie ein Hammerhieb – voll auf den Keks.

Vor dem RED ROSE-Eingang fiel ein Mann um – ein sehniger Opatyp, den die Kugel erwischt hatte. Er schlug aufs Pflaster, richtete sich sofort wieder auf und preßte eine Hand an die Schulter. Nur verletzt?

Braddy – tatsächlich! Braddy – stand neben ihm, verlor aber keine halbe Sekunde, sondern machte kehrt und sauste in den Nachtklub zurück – aus dem sie offenbar gerade gekommen waren.

Drüben hinter dem Bretterzaun verschwanden die Füße.

Tom begriff.

Das war kein Polizist. Das war . . . Weiß der Henker, wer das war! Vielleicht der Teilnehmer an einem Ganoven-Krieg.

„Ich fasse ihn", rief Tom über die Schulter zurück. Dann zischte er los.

Im Spurt erreichte er den Bretterzaun. Er fand die Bresche, sauste hindurch und sah den Kerl, einen großen, weizenblonden Typ. Der rannte, mit dem Rücken zu Tom, um einen Schuttberg herum. Nahe dem Zaun lag ein Gewehr mit abgesägtem Kolben.

Tom spurtete. Bineau hörte ihn nicht. Tom holte auf.

Erst im letzten Moment spürte Bineau den Verfolger. Im Sprung wirbelte er herum. Für den Bruchteil einer Sekunde spiegelte sich Schreck in seinen Augen.

Tom erwischte ihn mit dem Ellbogen am Kiefer. Bineau stürzte rücklings auf den Schuttberg. Reglos blieb er liegen, die Augen nach oben verdreht.

Tom nahm ihm Gürtel und Schuhriemen ab. Damit fesselte er dem Kerl Hände und Füße. Ohne Hast. Locke, dessen war er sich sicher, kümmerte sich bereits um den Verletzten.

Doch das war ein Irrtum.

Als Tom zur Straße zurückkam, lehnte der Verwundete an der Mauer neben dem RED ROSE-Eingang und drückte unter der Jacke sein Taschentuch auf die Schulterwunde.

Toms Blick suchte. Wo war Locke? Sie, zum Teufel, war ihm wichtiger als der Verletzte.

Regen pladderte. Der Himmel war schwarz. Es war nicht mehr Tag, es war fast schon Nacht, obwohl noch nicht drei Uhr nachmittags.

Die Einfahrt unter dem Torbogen war leer.

★

Nein! dachte Locke. Das ist nichts für mich. Wenn überhaupt – dann für Tom. Aber, um Himmels willen!, wenn Schüsse fallen, wird es wirklich gefährlich. Hoffentlich schießt dieser Kerl nicht auf Tom.

Sie sah, wie ihr Freund hinter dem Bretterzaun verschwand. Keinen Zentimeter hatte sie sich von der Stelle gerührt. Aber jetzt wollte sie wissen, was Sache war, ob der vermeintliche Polizist etwa jemanden getroffen hatte.

Sie hob den Fuß.

Im selben Moment löste sich der Hippie-Typ von der Mauer: der Fransenbart-Freak, der dieses Wetter für ein Sauwetter hielt. Er kam auf sie zu. Hinter der Nickelbrille glänzten Augen wie Eis.

„Na, Süße", stieß er über die Zähne, „wie habt ihr das gemacht letzte Nacht? Alle Achtung! Daß ihr aus dem Wagen rauskommt, hätte ich nicht für möglich gehalten."

Nein! dachte Locke. Nein! Ich habe Halluzis (*Halluzination = Sinnestäuschung*). Das darf . . . darf nicht wahr sein. Nicht schon wieder Pollner! Nein! Pollner mit Tempobombe. Pollner als Würger in der Blumenau-Straße. Pollner mit 1000 Gesichtern. Das halte ich im Kopf nicht aus. Der Kerl schafft mich.

Als er die Hände nach ihr ausstreckte, trat sie ihm mit aller Kraft vors Schienbein. Er brüllte auf.

Sie warf sich herum. Wie eine Wilde raste sie die Straße hinunter. Vorn an der Ecke verhielt sie – mit brennendem Atem. Der Regen umhüllte sie. Hatte sie ihn abgehängt, den Wahnsinnigen?

Nein! Er kam. Aber nicht zu Fuß, sondern auf seinem Rad.

Ojemine! (*O Herr Jesus!*) fuhr es Locke durch den Kopf. Ich bin in die falsche Richtung gelaufen. Wenn ich jetzt schreie, hört's niemand. Tom nicht! Niemand! Die Straße ist leer. Und Pollner – echter Wahnsinn, wie der sich beeilt.

Sie rannte in eine Querstraße.

Als sie sich umblickte, war Pollner dicht hinter ihr.

Sekunden später befand sie sich auf der Klaus-Oginos-Brücke, die sich über graue, gurgelnde Fluten spannte, denen das Gewitter zu Hochform verholfen hatte.

Die K. O.-Brücke, wie sie im Volksmund hieß, war total vereinsamt – jedenfalls weit und breit keine Menschenseele, von der Locke Hilfe erhoffen konnte.

Sie gab nicht auf. Sie lief um ihr Leben.

Mitten auf der Brücke holte Pollner sie ein.

Locke wurde gepackt.

„Du bist die erste der Rehms, die ich auslösche", zischte er.

Locke schrie. Verzweifelt wehrte sie sich. Aber er drängte sie ans Geländer.

Zehn Meter unter ihnen rauschte der Strom. Doch das Wasser war seicht. Wer von der Brücke fiel, schlug auf felsigen Grund.

„Das ist dein Tod!“

Ein irres Lachen begleitete Pollners Worte.

In diesem Moment wurde Locke ganz ruhig.

Sie blickte über Pollners Schulter und sah Tom.

Er spurtete heran wie der nächste Olympia-Sieger. Sein Gesicht war dunkel vor Wut.

„Es ist Pollner!“ rief Locke.

Der Verbrecher begriff, daß jemand hinter ihm nahte. Er ließ Locke los und warf sich herum.

In derselben Sekunde prallte Tom gegen ihn.

Locke wandte sich ab.

Etwas später, als Tom sie in seine Arme schloß, sagte sie: „Schrecklich! So hättest du ihn nicht zurichten müssen. Naja, verdient hat er 's.“

„Er wollte dich umbringen“, knirschte Tom. „Er kann froh sein, daß er noch lebt. Daß noch ein bißchen Leben in ihm ist. Himmel, bin ich happy, daß ich in die richtige Richtung losgeflitzt bin. An der Ecke sah ich dann, wie der Kerl dich verfolgte.“

„Jetzt verdanke ich dir mein Leben“, sagte Locke und küßte ihn. „Wir müssen die Ambulanz verständigen“, sagte sie dann. „Der braucht mindestens die gleiche ärztliche Hilfe wie Nante.“

★

Braddy wurde am Abend desselben Tages gefaßt – auf dem Flughafen, als er sich in Richtung Südamerika absetzen wollte.

Bineau gestand. Ihm blieb nichts anderes übrig. Schließlich hatten ihn Tom und Locke auf frischer Tat erwischt.

Duval war nur leicht verletzt. Eigentlich hatte Bineaus Kugel seine Schulter nur gestreift. Aber auch er war nervlich am

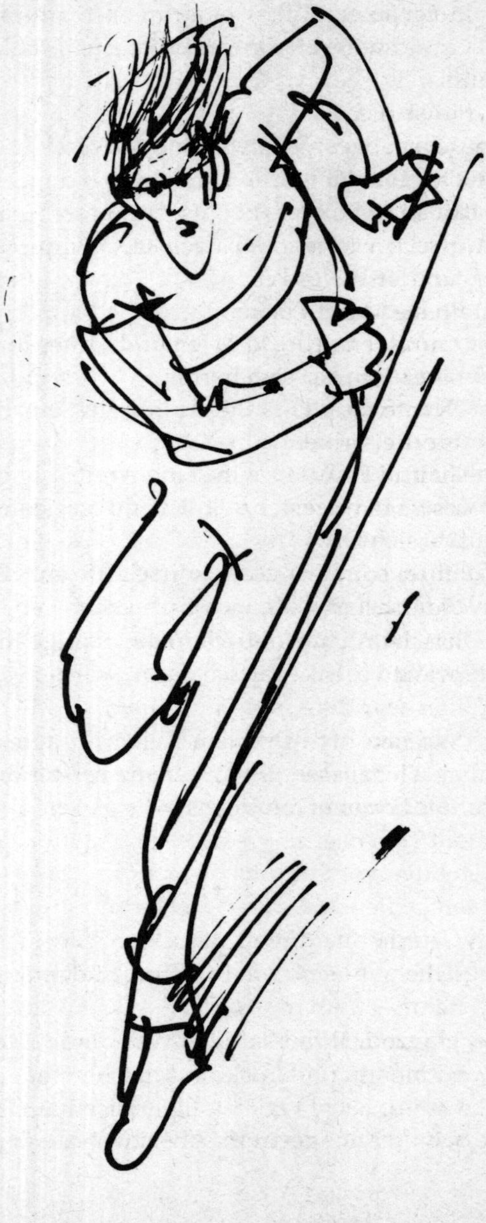

Ende – und gestand alles: den Mord an Claire, seiner Frau, und den Grund seines Hierseins.

Kommissar Loeben staunte nicht schlecht, als ihm klar wurde, daß sich diese Privatfehde nicht nur im Bannkreis des Schmuckes abgespielt hatte, sondern daß sowohl Bineau wie auch Duval voll einbezogen waren in die Geschehnisse um den Blauen Marinak und die Gerushuny-Kette.

Die jungen Detektive, nämlich Locke und Tom, waren voll darauf – auf der Welle des Erfolgs. Mit Gunters Unterstützung hatten sie Margot Glitter geholfen, hatten Verbrechen verhindert und entscheidend dazu beigetragen, daß die Stadt sauberer wurde. Indem Typen wie Braddy, Wasen, Kleef und Nante aus dem Verkehr gezogen wurden.

Die Verbrecher erhielten hohe Gefängnisstrafen. Desgleichen Bineau und Duval.

Duval deswegen, weil er von Braddy belastet wurde. Immerhin hatte sich Duval nicht an die Polizei gewandt, als er Hilfe brauchte, sondern Ganoven beauftragt, seinen unbekannten Widersacher zu ermorden.

Auch Dietsch und Kastenhuber, der Hausmeister, mußten sich vor Gericht verantworten.

Für Pollner war der Ofen ganz aus. Er hatte sich als untauglich erwiesen für die menschliche Gemeinschaft. Sein Schicksal hieß lebenslängliche Sicherheitsverwahrung.

Alle Rehms konnten aufatmen.

Locke und Tom beschlossen allerdings, ihren Ferienjob als junge Detektive vorläufig nicht mehr auszuüben. Denn in Kürze stand ja die Ferienreise aller Rehms und Conradis bevor: nach Griechenland, wo man dann auf einer idyllischen Insel herrliche Wochen verbrachte. Sogar Lockes Oma – Elisabeth Rehm – kam mit. Und Nicki, natürlich. Im Frachtraum des Flugzeugs überstand er Hin- und Rückflug unbeschadet. Auch er genoß unvergeßliche Ferien.

ENDE

Liebe Locke-und-Tom-Freunde!

Ganz schön aufregend, was die beiden erleben, nicht wahr?! Wenn es darum geht, anderen zu helfen, greifen Locke und Tom ein – koste es, was es wolle. Denn Locke ist schon ein tolles Mädchen, und Tom ein prima Kumpel, mit dem man Pferde stehlen kann. Es vergeht kaum ein Tag, an dem bei Tom nicht das Telefon klingelt: ,,Hallo Tom, hier Locke . . .!" Und was bei diesen Telefonaten ausgeheckt wird, erfahrt Ihr in den spannenden ,,Locke-und-Tom-Büchern", von denen es noch mehr gibt. Stefan Wolf hat sie geschrieben, den Ihr sicher schon als Autor der TKKG-Bücher kennt, auch einer erregenden PELIKAN-Serie. Gewiß interessieren Euch die anderen ,,Locke-und-Tom-Bücher" ebenso – mit den vielen lustigen Zeichnungen Eurer Lieblinge! Hier sind sie:

Hundejäger töten leise
In der Stadt verschwinden Hunde und Katzen. Täglich werden es mehr. Ganz offensichtlich sind gemeine Tierjäger unterwegs. Das vermutet die Polizei, und auch der Tierschutzverein hat einen Verdacht. Aber noch niemand weiß, was hinter diesen rätselhaften Diebstählen steckt. Werden die armen Tiere zu grausamen Versuchen benutzt, an deren Ende ihr ,,leiser" Tod steht? Locke und Tom, beide leidenschaftliche Tierfreunde, finden die richtige Spur. Sie führt nicht nur zu einem Tierhändler, dessen Geschäfte schon immer anrüchig waren. In den skrupellosen Handel sind noch ganz andere Leute verwickelt, hinter denen niemand solche Gemeinheiten vermutet. Aber weil Locke und Tom den gequälten Tieren helfen wollen, geben sie nicht auf.

Terror durch den heißen Draht
Eine unbekannte Mafia terrorisiert die Stadt. Angesehene Bürger, die jeder kennt, aber auch irgendwelche Nachbarn von nebenan werden nachts angerufen, bedroht oder zu erfundenen Terminen bestellt, wo Gangster sie hinterrücks überfallen. Was wollen die Verbrecher mit ihren ,,Todesfallen" erreichen? Warum jagen sie einer ganzen Stadt Angst ein? Terrorisieren harmlose Menschen durch den heißen Draht? Die Polizei blickt nicht durch. Locke und Tom wollen helfen, denn auch viele ihrer Freunde sind bedroht. Wieder einmal setzen sie sich den gefährlichsten Abenteuern aus, um rücksichtslosen Gaunern das Handwerk zu legen.

Giftalarm am Rosenweg

Beim Spielen am Rosenweg entdecken Kinder buntbemalte Fässer. Weil die Schrift schon unleserlich geworden ist, ahnen sie nicht, daß sie Gift vor sich haben. Die Folge: schleichende Verletzungen und rätselhafte Erkrankungen. Aber die Kinder schweigen, weil sie Angst vor Strafe haben. Ein Rätselraten beginnt – bis die Polizei endlich die Fässer findet und Giftalarm gibt. Noch aber weiß man nicht, wer der verantwortungslose Täter war. Wer hat die Fässer mit dem hochgiftigen Gift leichtfertig vergraben und damit Tausende Menschen in Lebensgefahr gebracht? Locke und Tom finden eine überraschende Lösung . . .

Die Fußball-Oma darf nicht sterben

Alle lieben Oma Meyer, weil sie immer fröhlich ist und den Jungs von der Fußballmannschaft hilft. Sie füllt die Vereinskasse auf, feuert begeistert die Spieler an, wäscht die verschwitzten Trikots. Deshalb heißt sie auch Fußball-Oma. Aber in letzter Zeit machen sich nicht nur Locke und Tom Sorgen um Oma Meyer. Irgendetwas bedrückt sie, doch sie will nicht so recht heraus mit der Sprache. Ist es die unglückliche Ehe ihrer Tochter? Hat sie Ärger mit den Burschen von der Konkurrenz-Fußballmannschaft? Oder machen sogenannte „Freunde" ihr Kummer? Als es schließlich zu regelrechten Mordanschlägen auf die liebe alte Dame kommt und eine seltsame „alte Bekannte" erscheint, da nehmen Locke und Tom die Sache in die Hand.

Flammen um Mitternacht

Ein nächtlicher Brand in Lockes und Toms Heimatstadt erregt mehr Aufsehen, als das ganze Feuer überhaupt wert ist. Zwar brennt ein Wohnhaus nieder, und das ist schon schlimm genug, aber was Feuerwehr und Polizei dabei feststellen, ist noch viel erschreckender: Aus den Flammen werden 50 Menschen gerettet, wo doch im ganzen Haus höchstens zehn Leute Platz gehabt hätten. Dazu tauchen bei dieser Gelegenheit plötzlich Ausländer auf, die unter jener Adresse gar nicht registriert waren. Was ist hier vorgefallen? Menschenhandel? Illegale Arbeitskräfte? Locke und Tom sind davon überzeugt, daß etwas oberfaul ist. Wie immer, lassen die beiden Unentwegten nicht locker . . .

Überfall nach Ladenschluß

Die Mafia geht um. In der Stadt werden italienische Gastwirte von sizilianischen Landsleuten erpreßt. Sie fordern Geld. Schutzgeld, nennen sie das. Der Boß heißt Cordone, aber er hat einen Rivalen, von dem er nichts weiß: Vittorio mit der roten Maske. Er überfällt und plündert auf eigene Rechnung. Wenn die Mafia nicht schnell genug ist, schnappt er sich das „Schutzgeld" selbst. Und dann terrorisiert noch ein Maskierter seine Mitbürger. Er treibt im Schatten der Mafia sein Unwesen: Wilhelm Hartmann. Als er eine Frau überfällt, verliert er seine Maske und wird von Locke erkannt. Seitdem lebt sie gefährlich, denn sie muß damit rechnen, daß der Verbrecher sie als Zeugin beseitigen will. Da begegnet sie Hartmann ganz allein, an einer einsamen Stelle . . .